目次

※この作品は竹書房文庫のために
書き下ろされたものです。

第一章　本日、愛人拾いました

1

十一月の最初の日曜日、吉川優作《よしかわゆうさく》は札幌市の郊外にあるマンションで部屋の片づけに追われていた。

今日、この部屋に引っ越してきたばかりだ。

東京の自宅を今朝早く出て、札幌に到着したのは昼すぎだった。そして、つい先ほど宅配便で送った荷物を受け取ったところだ。

(どうして、俺が転勤なんて……)

優作は胸のうちでつぶやいた。

少しでも気を抜くと、ため息が漏《も》れてしまう。札幌は出張で何度か来ているが、まさか住むことになるとは思いもしなかった。

　ここは会社が用意してくれた単身者用の賃貸マンションだ。家具つきの1DKで、冷蔵庫、洗濯機、シングルベッド、それに小型のテレビもある。クローゼットと衣装ケースも用意されているので、最低限の荷物さえ持ってくれば生活がはじめられるようになっていた。

　季節はずれの異動だった。

　優作は四十一歳の商社マンだ。オフィス用品の専門商社に勤めており、東京本店で営業課長を務めていた。ところが、札幌支店の課長が病気で長期入院することになったため、約一年の予定で急遽転勤することになった。

　九年前に結婚した妻の香織《かおり》は、製薬会社の営業で男勝《まさ》りにバリバリ働いていた。子宝に恵まれないまま三十七歳になり、もう子供は諦めているようだ。そんなこともあって、ますます仕事にのめりこんでいた。ふたりとも忙しくなったため時間が合わず、完全にすれ違いの生活だった。

　妻は仕事を持っていることを理由に、あっさり東京に残ることを選んだ。三年前にマンションを購入したという事情も含めて、単身赴任になるのは当然といえば当然のことだった。

ただでさえ会話が減っていたのに、一年も離れていたら距離がさらに広がってしまうだろう。しかし、会社員の優作が転勤の辞令を拒否できるはずもなく、望まない単身赴任をすることになった。

部屋に到着してすぐにメールを送ったが、妻からの返信はない。期待はしていないつもりでも、やはり反応がないのは淋しかった。

香織は日曜日でも部屋にこもって仕事をしていることが多い。とくに今は新しいプロジェクトにかかわっているとかで、二、三カ月は休みもほとんど取れないという話だった。

（夫婦って、なんだろうな……）

多忙なので仕方ないが、メールの返信くらいできるのではないか。単身赴任になったことで、なおさら夫婦について考えさせられた。

そのとき、メールの着信があった。

――お疲れさま。

スマホを取り出して確認すると、たったひと言それだけ書かれていた。それが九年連れ添った妻からの返信だった。

愚痴っていても仕方ない。とっとと片付けを終わらせようと、片っ端から段ボール箱を開いていった。

いつしか額がじんわり汗ばんでいた。

ようやくキッチン用品と洗面道具を出し終えたところだ。外は小雪が舞っているが、忙しく動いているうちに暑くなってきた。

あとは洋服類をクローゼットに仕舞ってベッドをセッティングすれば、ひととおり終了だ。ひと休みしたら、足りない物を買いに行くつもりだった。

洋服の入った段ボール箱を抱えて、クローゼットの前まで移動した。部屋はどこもきれいに清掃されており、塵ひとつ落ちていない。クローゼットの扉を開くと、備えつけの衣装ケースが三段積み重ねられていた。

(さてと、片づけるか)

さっそく引き出しに手をかけたそのときだった。

衣装ケースと奥の壁の間に、不自然な隙間が空いているのに気がついた。積み重ねられた衣装ケースを押しこんでみるが、なにかに引っかかっているのか奥まで入らない。それならばと引っ張り出して、奥をのぞきこんでみた。

(ん……なんだ?)

クローゼットの奥にシルバーの大きなキャリーバッグが置いてあった。

不審に思って引っ張り出してみると、ずっしりしている。なにか入っているのは間違いなかった。

中身を確認しようと思うが鍵がかかっていた。このまま置いておくわけにもいかないので、不動産屋に電話をかけることにする。会社から渡された書類に連絡先が書いてあった。

「――それはすみませんでした」

事情を説明すると、電話口に出た年配と思《おぼ》しき男性はすぐに謝罪した。口調は丁寧で、腰も低くて感じは悪くない。しきりに謝るので、こちらがかえって恐縮してしまうほどだった。

「おそらく前に住んでいた方のものです。ついこの間まで、別の会社に部屋を貸していたんですよ。すぐに連絡して取りにいかせます」

そう言って慌ただしく電話は切れた。

(なんか、面倒なことになってきたな)

誰かが荷物を取りに来るのなら出かけることができない。それまで、とりあえず片づけを進めておくしかなかった。

そもそも、このキャリーバッグが前の住人のものとは限らない。仮にそうだったとしても、引っ越したのだからもう近くにいないのではないか。後日になるなら、早く教えてほしかった。

気を取り直して片づけを再開した。

服を衣装ケースに収めて、スーツ類をクローゼットのなかに吊りさげる。さらにベッドにシーツを敷き、枕と毛布と布団をセットした。枕もとに目覚まし時計を置くのも忘れない。初日から寝坊するわけにはいかなかった。

空になった段ボール箱はきれいに折りたたんで、クローゼットの一番奥に仕舞いこんだ。一年後、東京に帰るときにまた使うことになる。それまで大切に取っておくつもりだった。

優作はキッチンに向かうと、足りない物のチェックをはじめた。鍋やフライパンは持って来たが、コップやマグカップは割れそうなので送らなかった。それに食料品がなにもない。まとめて買うと、かなりの荷物になりそうだ。

東京からの移動に加えて、慣れない作業で疲れてきた。いったん手を休めるとベッドで横になった。

ピンポーンッ――。

インターホンのチャイムではっとする。いつの間にかうとうとしてしまった。

前の住人が荷物を取りに来たのかもしれない。インターホンの機械は洋室の壁に設置されている。玄関はすぐそこなので、わざわざ洋室に戻るよりドアを開けたほうが早かった。

「はい……」

優作は声をかけながら解錠して、玄関ドアをそっと開いた。

（あれ？）

そこに立っていたのは若い女性だった。

別の会社に部屋を貸していたと聞いたので、てっきり自分のような単身赴任の男性だと思いこんでいた。

（本当にこの子の荷物なのか？）

ごついキャリーバッグとイメージが合わない。優作は思わず女性の顔をまじまじと見つめた。

目鼻立ちのはっきりした可愛らしい顔立ちだった。髪は茶色がかったストレートのセミロングで、クリーム色のハイネックのセーターの上にファーのついた白いダウンコートを羽織っている。赤いチェックのミニスカートから生脚が伸びており、黒いロングブーツを履いていた。

足もとには大きなボストンバッグが置いてある。なにが入っているのか、パンパンにふくらんでいた。

年のころは二十代前半だろう。会社にも若い女性はいるが、これまで接したことのない派手なタイプだった。

「どうも……不動産屋さんから電話があって……」

探るように見つめてくる。警戒した口調で話しかけてくるが、声は少し幼い感じで愛らしかった。

「わたしの荷物、ありますか？」

彼女が言葉を発するたび、唇から白い息が吐き出された。

外はいつの間にか薄暗くなっている。夕方になって気温がさがり、雪の降り方も強くなっていた。

「あのバッグ、キミの？」

「はい……」

よく見ると、つぶやく唇から血の気が引いている。ミニスカートからのぞいている膝もカタカタと小刻みに震えていた。

「とりあえず入って、お茶でも淹《い》れるから」

「え、でも……」

「風邪を引くよ。遠慮しなくていいから」

「いえ、そういうことじゃなくて……」

彼女がなぜ躊《ちゅう》躇《ちょ》するのかわからなかった。まったく悪気がなかったので、ピンとくるまで時間がかかってしまった。

「あっ、ごめん、そりゃ警戒するよね」

知らない男の部屋に若い女性が入るわけがない。あまりにも寒そうだったので、思わず声をかけてしまった。

「震えてたから、つい……ちょっと待ってて、バッグを持ってくるから」

慌てて謝り背中を向ける。そのとき、クスッと笑う声が聞こえた。

「ん？」

振り返ると、先ほどまで硬かった彼女の顔から力が抜けている。口もとには微かな笑みさえ浮かんでいた。

「おじさん、やさしい人なんだね」

ますます愛らしい顔になっている。見つめてくる瞳も警戒心が緩んでいた。

「そ、そうかな……」

優作はどう答えるべきか困り、苦笑いを浮かべるしかなかった。

「じゃあ、ちょっとだけ温まらせてもらってもいいですか」

「い、いや、でも知らない男の部屋にはあがらないほうが……」

今度は優作のほうが躊躇してしまう。ところが、彼女は構うことなくロングブーツのファスナーをおろしはじめた。

「それ、おじさんが言う？」

満面の笑みを向けられると拒めない。ブーツから現れた生足は眩《まばゆ》いほど白くて、ほっそりした指にドキリとした。

2

（おかしなことになってきたぞ……）

優作は腹のなかでつぶやき、部屋の中央に立ちつくしていた。

先ほど真新しいシーツを敷いたばかりのシングルベッドに、出会ったばかりの女性が座っている。なにやら楽しげな様子でシーツを手のひらで撫でては、部屋のなかを見まわしていた。

とりあえず自己紹介だけはすましている。

彼女の名前は新山《にいやま》美波《みなみ》、二十三歳で現在は無職だという。仕事をクビになり、会社で借りていたこの部屋を追い出された。二週間の猶予《ゆうよ》を与えられたが、その間に次の仕事を見つけられなかったらしい。

「懐かしいな。この間までわたしの部屋だったんだけどな……」

美波は少し淋しげにつぶやいた。

「それで、新山さんは今どこに住んでるの？」

「ネットカフェ。すすきの駅のすぐ近く」

あっさり言うが、それは住所不定ということではないか。若い女性がそんなところで寝泊まりしていたら危険な気がした。

「こんな大きなキャリーバッグ持ちこめないから、あとで取りに来るつもりだったの……」

それでボストンバッグだけを持って、ネットカフェに泊まっていたのだろう。なんとなく事情はわかったが、それにしても無謀なことをしたものだ。

「やっぱり勝手に置いていくのはまずいんじゃないかな」

「そうだよね。でも、どうしようもなくって……」

一瞬、美波の表情が陰った。しかし、すぐに気を取り直したように笑うと、目の前に置いてあるキャリーバッグを手のひらで撫でた。

「おじさんがいい人でよかった。盗られちゃったらどうしようかと思ってたの」

二十歳近く年下の女性に「いい人」などと言われて照れくさくなった。しかし、名前を教えたのに呼び方はあくまでも「おじさん」だ。ただ、彼女に言われると悪い気はしないから不思議だった。

「おじさん、ありがとう」

「俺は、別に……」

顔がカッと熱くなる。きっと赤くなっているに違いない。優作は慌てて背中を向けるとキッチンに向かった。

「今、温かいものでも出すよ。お茶かコーヒー、どっちがいい？」

「ココアがいいな」

美波がすかさず答えた。

「さすがにココアは……」

そう言いかけて思い出す。

まだ買い出しに行っていないので、ココアどころかお茶もコーヒーもない。それどころか、湯飲みやコップもいっさいなかった。

「ごめん、まだなんにも買ってなかった」

振り返って謝ると、彼女は呆気に取られた顔をするが、一拍置いて弾《はじ》かれたように笑い出した。

「おじさん、おもしろいね」

美波があまりにも笑うから、優作もつられて笑顔になった。

「今日、引っ越してきたばっかりだからさ」

とりあえず彼女の冷えた身体を温めるため、エアコンのリモコンを操作して室温をあげた。

「寒かったら毛布を使っていいから」

「大丈夫、笑ったらあったかくなった」

美波はそう言って、着たままだったダウンコートを脱いだ。

クリーム色のセーターの胸もとが、思いのほか大きく盛りあがっている。ミニスカートの裾《すそ》からは健康的な太腿《ふともも》がのぞいていた。ストッキングも靴下も穿いていないので、スラリとした下肢が剝《む》き出しだった。

(こ、これは……)

優作は慌てて視線をそらした。

急に女を意識してしまう。考えてみれば、どこの誰かもわからない女性と部屋でふたりきりなのだ。純粋な厚意で彼女を部屋にあげたのに、いつしか胸の鼓動が速くなっていた。

「ところで、おじさんって、なにやってる人？」

「商社マンだよ。オフィス用品を扱ってるんだ」

「ふうん……」

美波は自分で尋ねておきながら気のない返事をする。商社と聞いて興味を失ったのかもしれなかった。

「独身？」

「結婚してるよ。妻は東京にいるんだ。単身赴任だよ」

ふと脳裏に香織の顔が浮かんだ。その結果、今こうして若い女性とふたりきりの状況をなおさら意識した。

「そっか……」

美波はまたしても気のない返事をする。いったいなにを考えているのだろう。すると彼女は意を決したように切り出した。

「あの……相談なんだけど……わたしと愛人契約してくれないかな？」

一瞬、自分の耳を疑った。

出会ったばかりの女性の唇から、「愛人契約」などという単語が紡《つむ》がれたことに驚きを隠せない。まさかと思ったが、彼女は恥ずかしげにもじもじしており、目の下を赤く染めあげていた。

（聞き間違い……じゃないのか？）

胸の鼓動が異様なほど速くなった。

美波は身なりこそ少々派手な印象だが、中身はそれほどスレていないと感じていた。初対面の男に愛人の話を持ちかけるような女性には見えなかった。

「よく聞こえなかったんだけど」

平静を装って聞き返した。

勘違いでおかしな返事をしたら恥ずかしい。偉そうに説教をして、若い女性に笑われたくなかった。

「だから……わたしをおじさんの愛人にしてほしいの」

美波はまっすぐ見つめてくると、はっきり語りかけてきた。

聞き間違いではない。「愛人」という単語が頭のなかで反響している。二十三歳の若い女の子が、なぜか愛人にしてほしいと懇願してきたのだ。

「な……なにを言ってるんだ」

突然の申し出に困惑してしまう。思わず二、三歩後ずさりすると、背中が壁にぶつかった。

無意識のうちに、セーターの胸のふくらみに目が向いていた。さらにはミニスカートから剝き出しの太腿も気になった。愛人契約を結べば、この若い女体を自由にできるのだろうか。考えただけでも股間がズクリと疼《うず》いた。

「お、大人をからかうもんじゃないよ」

笑い飛ばそうとするが、頰の筋肉がひきつって上手《うま》く笑えない。ふたりきりの状況でからかっているのだとしたら質《たち》の悪い冗談だった。

「違うよ。からかってなんてないよ」

美波は切なげな瞳で見つめつづけていた。そして、なにやら焦った様子で語りはじめた。

「次の仕事が見つからなくて、もうお金もなくなっちゃって……ネットカフェにも泊まれないの」

「貯金はないの？」

「ネットカフェに一週間も泊まってたんだよ。もう全部使っちゃった」

　このアパートを追い出されてからネットカフェに一週間いたという。それで貯金が底をついたのだから、もともと少なかったに違いない。こうなる前に仕事を見つけたかったが、どうしても条件が合わなかったようだ。

「実家はどこ？」

　まだ若いのだから、両親は健在なのではないか。ひとりで生活できないのなら、とりあえず実家に帰るのが一番だと思った。

「東京まで帰るお金なんてないよ」

　美波は視線を落としてぽつりとつぶやいた。

　どうやら実家は東京らしい。確かに札幌から東京に行くには、それなりのお金がかかる。ネットカフェに泊まることもできないのだから、東京までの交通費などあるはずがなかった。

「こっちには知り合いもいないし、行くところがないの……」

　彼女の声は消え入りそうなほど小さくなっていく。ミニスカートからのぞいている自分の膝を両手でつかみ、フローリングの一点を見つめていた。

「お願いだから、おじさんの愛人にして」

美波は顔をあげると、潤んだ瞳を向けてくる。

からかっているわけでもなければ、冗談を言っているわけでもない。本当に困っているのだろう、彼女の表情は真剣そのものだった。

「そ、そんなこと言われても……」

優作は思わず言葉につまってしまう。

見ず知らずの相手だが、彼女は深刻な状況に陥《おちい》っている。それがわかるから、はっきり拒絶することができなかった。

「ねえ、おじさん……」

美波が縋るような瞳で見あげてくる。視線が重なると、もうそらすことができなくなった。

「お願い……お願いします。おじさんの愛人にして」

祈るように胸の前で左右の手を組み合わせる。美波の悲痛なまでの気持ちが伝わってきた。

「悪いけど……やっぱり無理だよ」

優作は心を鬼にして愛人契約の申し出を断った。

情に流されてはいけない。彼女は以前この部屋に住んでいたというだけで、名前も先ほど知ったばかりの赤の他人だった。

「……うん、わかった」

美波は肩を落としてうつむいた。

ようやく諦めてくれたのだろうか。美波は床に置いてあったボストンバッグに手を伸ばした。

そのとき、窓をチラリと見やった。

すでに日が落ちており、外はまっ暗になっている。先ほどの調子で雪が降りつづけていれば、すでに積もっているかもしれない。そんななかに彼女を放り出しても大丈夫だろうか。

「うっ……うぅっ……」

美波は暗い表情で下唇を噛んで小さく呻《うめ》いた。

不安がこみあげてきたに違いない。なにしろ、ネットカフェに泊まる金もないし、行く当てもないのだ。若い彼女が途方に暮れるのは当然のことだった。

「に、新山さん……」

優作はかける言葉を失っていた。

なんとかしてあげたいと思うが、愛人にするなどあり得ない。だからといって泊まる場所を紹介するあてもなかった。

このままだと美波はどうなってしまうのだろう。雪降る街をひたすらさ迷い歩くのだろうか。

（本当にそれでいいのか？）

優作は自分自身に問いかけた。

追い出すのは簡単だ。出ていってくれと言えばいい。だが、そんなことをして後悔しないだろうか。もし彼女の身になにかあったとしたら、それでも赤の他人だから関係ないと開き直れるだろうか。

美波はうつむいたまま立ちあがった。無言でボストンバッグを持ち、キャリーバッグにも手を伸ばした。

「ちょ、ちょっと待って」

どうしても突き放すことができなかった。思わず呼び止めると、美波が不安げな顔を向けてきた。

「愛人にしてくれるの？」

「い、いや、それはできない。それはできないけど、今夜だけなら泊まっていいよ」

それが困りはてた末に出した答えだった。

この寒空の下に放り出すのはあまりにも忍びない。行き場のない美波は凍死してしまう可能性すらあった。

「お、おじさん……」

美波は目を大きく見開いた。

「だから、もう心配しなくていい」

できるだけやさしく声をかけたつもりだ。彼女の顔を見ると、その瞳は潤んでいた。

「あ……ありがとう」

美波はボストンバッグを放り出して優作に歩み寄り、手をしっかり握ってきた。

「こ、今夜だけだぞ」

「うん……」

「明日には出ていくんだぞ」

「うん……」

「お、おい、手……」

慌てて何度も声をかけるが、彼女は手を離そうとしない。安堵したのか瞳から涙がポロリとこぼれ落ちた。

（困ったな……）

思わず苦笑を漏らしながら、彼女の手をそっと握り返した。

髪から甘いシャンプーの香りが漂ってくる。セーターは身体にフィットするデザインで胸もとが大きく盛りあがっていた。ついつい視線が引き寄せられて、またしても股間が熱くなった。

「は、腹、減ったな。飯でも食いにいかないか」

懸命に動揺を押し隠して声をかける。すると美波は手を握ったまま、上目遣《うわめづか》いに見あげてきた。

「でも……」

お金がないので躊躇している。だが、きっと腹は減っているだろう。

「ご馳走するよ。その代わりファミレスだぞ」

男根が頭をもたげはじめている。なんとかごまかそうと、少し腰を引きながら冗談まじりに言葉をかけた。

「おじさん、ありがとう」

美波は瞳を潤ませてにっこり微笑んだ。そして、また手を強く握ってきた。

「お、おい、もう行こう」

呆れた口ぶりを装うが、内心悪い気はしなかった。

優作は勃起したペニスに気づかれないかドキドキしながら、彼女の柔らかい手を握り返した。

3

優作はマンションのバスルームでシャワーを浴びていた。

雪の舞うなかを歩いたので、体が芯から冷えきってしまった。しかし、あれほど寒かったにもかかわらず、まだ冬は本番ではないというから驚きだ。

——早く冬にならないかな。

——雪が積もったら、たくさんスノボに行こうね。

ファミレスで隣の席に座っていたカップルから、そんな会話が聞こえてきたときは愕然とした。どうやら札幌市民は雪が積もらないと、冬になったという認識はないようだ。

「もっともっと寒くなるよ」

向かいの席に座った美波も、当たり前のように言っていた。

美波はハンバーグセットを、優作はチキンソテーのセットを頼んだ。なにしろ外が寒いので、温かい料理がうまかった。

腹を満たすと狸小路《たぬきこうじ》商店街に行ってみた。

ドラッグストア、洋品店、金物屋、スーパーやコンビニ、飲食店や居酒屋まであり、なかなか活気のあるアーケード商店街だ。ここに来ればなんでもそろうだろう。とりあえず、ふたり分の歯ブラシと食器類を購入した。さらに明日の朝食の食材を買いこんでマンションに戻った。

「シャワー浴びておいで」

おかしな意味に取られないように、なるべくさらりと告げたつもりだ。だが、彼女がどう受け取ったかはわからなかった。

「おじさんが先に入っていいよ」

美波はそう言うと、ベッドにちょこんと腰かけた。

「じゃ、お先に……」

優作はバスルームに向かったが、ふと彼女が財布や金目の物を持ち逃げしないか不安になった。

クローゼットに吊したコートのポケットに、財布とスマホが入っている。取りに戻ろうかと思ったが、その姿を見たら、きっと彼女は気を悪くするだろう。でも、明日にはここを出ていくのだ。別に気を使う必要はないのではないか。

そう迷いながらも、結局そのままシャワーを浴びた。

美波の純粋そうな笑顔を信じたかった。名前以外、素性はよくわからない。それでも、優作の手を握って涙していた彼女が悪い人間とは思えなかった。

バスルームを出ると、グレーのスウェットの上下を身に着けた。

部屋に戻るときは、またしても不安が頭をもたげてしまう。ところが、美波はベッドの上で体育座りをして毛布をかぶっていた。テレビもつけておらず、部屋のなかはシーンと静まり返っていた。

「新山さん……」

寝ているのかと思って小声で語りかける。すると、彼女は毛布のなかから顔をのぞかせた。

「エアコン、つけなかったの？」

部屋のなかは寒かった。優作は帰宅してすぐバスルームに向かったため、エアコンをつけるのをすっかり忘れていた。

「勝手につけちゃ悪いかなと思って……」

美波の手にはピンクのスマホが握られている。どうやら、毛布にくるまって時間つぶしをしていたらしい。

その姿を目にして、ほっと胸を撫でおろした。

美波は持ち逃げどころか、優作に気を使ってエアコンもテレビもつけていなかった。そんな彼女の健気《けなげ》さに愛《いと》しさがこみあげた。心配する必要などなかったのだ。

「つけてよかったのに」

優作はリモコンを操作してエアコンの電源を入れた。

「だって……」

「寒かったろう。シャワーを浴びて温まっておいで」

自分でも驚くほどやさしい気持ちになっている。穏やかな声で告げると、彼女はこっくりうなずいた。

毛布から抜け出して、キャリーバッグに歩み寄る。横に倒してダイヤル式の鍵を合わせると、なかからバスタオルと着替えを取り出した。そのとき、淡いピンクの布地がチラリと見えた。

(おっ……)

思わず視線を奪われてしまう。

ほんの一瞬だったが、今のはパンティに間違いない。若い女性の下着は妻のものとは異なる生々しさがあった。美波はキャリーバッグを閉じると、優作に微笑を向けてきた。

「じゃあ、お風呂借りるね」

以前まで彼女が住んでいたので、あらためて説明することはなにもない。それどころか、優作のほうが教えてもらうことがありそうだ。

「ごゆっくり……」

平静を装ってバスルームに向かう彼女の背中を見送るが、胸の鼓動は速くなったままだった。

しばらくして、バスルームのドアを開閉する音が聞こえた。

今、彼女はシャワーを浴びている。この部屋に裸の女性がいると思うと、ますます気分が高揚した。さすがにバスルームをのぞくことはできないが、部屋の隅に置いてあるキャリーバッグが気になった。

（あのなかには、きっと……）

おそらく、まだパンティが入っているだろう。彼女は鍵をかけていない。こっそりなかを確認することも可能だった。

（ダ、ダメだ。なにを考えてるんだ）

胸のうちで自分自身を戒《いまし》めた。

そんなことをしたら、美波を裏切ることになってしまう。彼女は優作を信用したからこそ、キャリーバッグに鍵をかけなかったのだ。

美波は財布を持ち逃げすることもできたのにしなかった。エアコンもテレビもつけず、毛布にくるまってじっとしていたのだ。そんな彼女の荷物を漁《あさ》ることなどできるはずがなかった。

突然、若い女の子と一夜を過ごすことになって、どうかしていた。優作は急に恥ずかしくなり、ひとりで深く反省した。

彼女がシャワーを浴びている間に自分用の寝床を作ることにした。

札幌は寒いと思って、毛布と掛け布団を多めに送っておいてよかった。敷き布団はないが、毛布を敷いて代用するつもりだ。

最初はダイニングキッチンを考えていたが、白い床材が思いのほか冷たかった。仕方なく洋室のベッドから離れた場所に毛布をひろげると、バスタオルを折りたたんで枕を作り、掛け布団をセットした。

寒かったらエアコンをつけるしかない。ひと晩くらいなら、これで乗りきることができるだろう。

（これでいいな……）

優作はベッドに腰かけてテレビをつけた。

バラエティ番組が流れているが、内容がまったく頭に入ってこない。先ほどから聞こえているシャワーの音が気になって仕方なかった。

しばらくして、美波が戻ってきた。

身に着けているのは白いTシャツ一枚だけだった。丈《たけ》が長くてワンピースのようになっている。健康的な太腿が大胆に露出しており、歩くたびに裾がヒラヒラ揺れるのが気になった。

濡れた髪が肩に柔らかくかかっているのも艶《つや》っぽい。急に大人びた感じがして、優作は目のやり場に困ってしまう。ところが、当の本人はまったく気にする様子もなく、ボストンバッグのなかからドライヤーを取り出した。

「ドライヤー、使ってもいい？」

美波は律儀に尋ねてくる。

「も、もちろん……気にせず使っていいよ」

慌てて太腿から視線を引き剝《は》がすと、ひきつった笑みを浮かべた。

美波はシャワーを浴びてすっきりしたらしく、弾《はず》むような足取りで洗面所に向かった。しかし、優作の緊張感は高まる一方だ。ひと晩、彼女と同じ部屋ですごすと思うと落ち着かなかった。

「新山さんはベッドで寝てくれるかな」

洗面所から美波が戻ってくると、優作はベッドから腰を浮かせた。

「まだきれいだから安心して」

今日引っ越してきたばかりなので、シーツも布団も洗い立てだ。これなら若い女性でも気にならないだろう。そう思ったのだが、なぜか美波は不服そうな顔で首を左右に振った。

「わたし、こっちがいい」

そう言って、部屋の隅に作った寝床に座りこんだ。

「ちょっと横にはなったけどベッドもきれいだよ」

「だったら、おじさんがそこで寝なよ」

「気なんか使わなくていいって。ネットカフェはゆっくり寝られないって言うじゃないか。遠慮せずにベッドで休みなよ」

備えつけのベッドはマットが分厚くて、なかなか寝心地がよさそうだ。これならゆっくり休むことができるだろう。

「ここはもうおじさんの家でしょ。わたしは泊まらせてもらうだけだから、こっちでいいの」

美波は頑として引こうしない。意外に意志は強いようだった。

結局、美波は勝手に横になると、毛布と布団にくるまってしまう。どんなに言ったところで、聞く耳は持たないという感じだった。

「じゃあ、寒かったら我慢しちゃダメだよ」

根負けして言うと、美波はこっくりうなずいた。

「トイレも使っていいからね。喉が乾いたら、勝手に水を飲んでいいからね」

「ありがとう。でも、子供じゃないんだから大丈夫だって」

「あ、ああ、そうだよね……おやすみ」

彼女が気を使いすぎるので、つい優作もしつこく言ってしまった。確かに子供扱いしてしまったかもしれない。少し反省しながら電気を豆球に切り替えて、優作もベッドで横になった。

「おやすみなさい」

はにかんだような美波の声が聞こえた。

それだけで、またしても気持ちが昂《たかぶ》ってしまう。彼女のことは気になるが、明日は転勤初日だ。いきなり寝坊するわけにはいかないので、眠くもないのに無理やり目を閉じた。

4

優作は先ほどから何度も寝返りを打っていた。

美波のほうを見るとよけいに眠れなくなるので、決して目は開かない。それでも、瞼《まぶた》ごしに豆球のオレンジの光を感じていた。

（ううっ、困った……眠れない）

横になって三十分は経ったが、いまだに眠気が襲ってこなかった。

なにしろ、すぐ近くで若い女性が寝ているのだ。奔放だが健気で可愛らしいところもある。男なら気になるのは当然のことだった。

「おじさん……眠れないの？」

ふいに美波の声が聞こえた。

その瞬間、胸の鼓動が高鳴った。しかし、優作は目を閉じたまま、なにも答えなかった。いや、正確には答えられなかったのだ。緊張感が高まり、とっさに反応することができなかった。

するとかに衣擦《きぬず》れの音がした。

美波が起きあがったのかもしれない。そっと立ちあがり、こちらにゆっくり近づいてくる気配がした。

（な、なんだ？）

トイレにでも行くのかと思ったが、どうやらそうではないらしい。彼女の微かな足音は、ベッドのすぐ脇まで来てピタリととまった。

「本当に寝ちゃったの？」

再び美波が話しかけてきた。

普通に言葉を返せばよかったのかもしれない。だが、優作は緊張のあまり、仰向《あおむ》けの状態で固まっていた。

ギシッ――。

美波がベッドに腰かけたのだろう。スプリングの軋《きし》む音がして、ベッドマットがわずかに揺れた。

「ねえ……おじさん」

声が妙に近かった。

彼女の息遣いを鼻先に感じる。顔をのぞきこまれているとわかり、これ以上じっとしていられず目を開けた。

「えっ……」

すぐそこに美波の顔があった。優作は小さな声を漏らしただけで、またしても固まっていた。

豆球が逆光になっているが、距離が近いので表情がはっきりわかる。美波は驚いた様子もなく、優作の顔をじっと見おろしていた。見れば見るほど愛らしい顔立ちだが、やけに真剣な表情だった。

「やっぱり起きてたんだね」

美波はそう言って目を細めると、なぜか唇を近づけてくる。キスをするつもりだとわかり、優作は慌てて顔を横に向けた。

「ちょ、ちょっと……」

「逃げちゃダメだよ」

またしても顔を寄せてくるが、優作は彼女の肩に両手をあてがった。

「な、なにしてるの？」

「なにって決まってるでしょ。泊めてもらったお礼」

冗談を言っている顔ではない。美波は本気で言っていた。

「男の人の家に泊まらせてもらうんだから、最初からそのつもりだったよ」

美波の口調は淡々としており、感情を押し殺しているようだった。

泊まると決まったときから、覚悟はできていたらしい。彼女がそこまで思いつめているとは気づかなかった。

「いや、俺はそんなつもりじゃないよ」

Tシャツの肩をそっと押し返す。そして、覆いかぶさっていた美波をベッドに座らせた。こちらから求めていないのに、若い彼女から迫ってきたことに驚いていた。

「どうして？」

美波は拒絶されたと感じたのか、困惑している様子だった。

「なにかを求めてキミを泊まらせたわけじゃない。気にしなくていいんだよ。困ったときはお互いさまって言うだろ」

やさしく諭《さと》すように語りかける。

「でも……迷惑でしょ？」

「迷惑なんかじゃないよ。ちょっとびっくりしたけどね」

明るい声を心がけるが、彼女はなぜかうつむいてしまった。

「おじさんみたいに、やさしい人もいるんだね」

なにか思うところがあったのか、美波はしばらくうつむいたままだった。そして、指先で目もとを拭うと、意を決したように顔をあげた。

「わたしね、キャバ嬢だったんだ」

まったく予想外の告白だった。

「札幌だと、キャバクラのことニュークラブって言うんだけどね。略すとニュークラだよ」

美波は優作の顔色をうかがうように言葉をつづけた。

キャバクラなら何度か行ったことはあるが、美波のように素直な女性に当たったことはない。いくらきれいな女性でも妙にこなれた感じが苦手で、優作は今ひとつ楽しめなかった。

「じゃあ、この部屋を借りあげていたのって……」

「うん、うちの店で借りてたの。でも、キャバ嬢を辞めたから追い出されたんだ。なんか、隠してたみたいで、ごめんね」

美波は申しわけなさそうにつぶやいた。

黙っていたことに後ろめたさがあるのだろう。そんな彼女が酔客を接客している様子が想像できなかった。

「別に謝ることないよ。ちゃんと働いてたんだから」

水商売だろうが、きちんと仕事をして生計を立てていたことに変わりはない。違法なことをしていたわけではないので隠す必要はなかった。

「ちゃんと働いてたけど……でも、微妙なんだよね」

「微妙って、なにが？」

「うちの店、ちょっと怪しいサービスはじめたんだ」

美波は言いにくそうにしながら告白した。

最初は普通にお酒の相手をするキャバクラだった。ところが、指名があった客のオプションサービスとして「ハンドマッサージ」をはじめたという。

「ハンドマッサージ？」

「だから、手で……わかるでしょ」

もしかしてとは思ったが、美波が言葉を濁したことではっきりした。

つまりペニスを手でしごく、いわゆる「手コキ」をするように店から命じられたらしい。経営が苦しく、客集めのための苦肉の策だったという。ところが、美波は断固として拒否したことで店長と喧嘩になり、首を切られてしまった。

「結局、一回もやらなかったの。まわりでやってるのは見てたけど……わたし、知らない人にそこまでは……」

美波はそこまで話して黙りこんだ。

「新山さん、事情はわかったから」

つらいことを思い出させてしまったのかもしれない。だんだん申しわけない気持ちになってきた。

「もう寝ようか」

やんわり声をかけると、美波はなぜかじっと見つめてくる。そして、なにやら照れた様子で唇をゆっくり開いた。

「でも、おじさんならいいよ」

美波は小声でささやくと、目もとをほんのり桜色に染めあげる。そして、意味深な瞳で見おろしてきた。

5

「え……」

一瞬、意味がわからなかった。

まさかと思っていると、彼女は布団のなかに手を入れてきた。そして、スウェットパンツの上から、いきなり股間を撫でまわしてくる。男根に甘い刺激がひろがり、思わず小さな呻き声が溢れ出した。

「ううっ……な、なにを？」

とっさに彼女の手首をつかむが、もう引き剝がすことはできない。波紋のようにひろがる快感に早くも魅了されていた。

「手でしてあげる」

美波はベッドに腰かけた姿勢で見おろしてくる。布団のなかに忍ばせた手は、股間をゆっくり上下に擦っていた。

「だ、だから、そういうのは……」

「親切にしてくれたお礼だよ」

やっていることは淫らだが、彼女の瞳は真剣そのものだ。だから、優作は強く拒絶することができなかった。

（か、香織……）

ふと妻の顔が脳裏に浮かんだ。

しかし、こうして股間を若い女性に触れられているだけで、理性がどんどん麻痺してしまう。こんな機会はめったにあることではない。そう思うと、脳裏に浮かんだ妻の顔が霞んでいった。

「本当にうれしかったの。おじさんがやさしくしてくれて……」

愛らしい美波の声が、耳に流れこんで頭のなかで反響した。

ボクサーブリーフのなかでは、ペニスがむくむくとふくらみはじめている。少しでも反応してしまうとあとは速かった。あっという間に芯を通して、彼女の柔らかい手のひらを押し返した。

「に、新山さん……ううっ」

「わたしにできるのは、これくらいしかないから……」

美波は布団を剝ぎ取ると、優作のスウェットパンツのウエストに指をかけてくる。躊躇せずに膝まで引きおろして、水色のボクサーブリーフが露《あら》わになった。

前がはちきれんばかりにふくらみ、布地が限界まで伸びきっている。大きなテントを張っており、亀頭の先端部分には黒っぽい染みまで滲《にじ》んでいた。突然のことに困惑しつつ、体はしっかり反応しているのが恥ずかしかった。

「ま、まずいよ……」

「こんなになってるのに、遠慮しなくてもいいでしょ」

美波はボクサーブリーフもめくりおろしてしまう。すると、屹立《きつりつ》した男根が勢いよく跳ねあがった。

「くうっ」

ブルンッという反動が股間にひろがり、思わず呻き声が漏れてしまう。ペニスはかつてないほど硬化して、鉄塔のようにそそり勃《た》っていた。

「おじさんの……す、すごい」

美波が上擦った声でつぶやき、まじまじと見つめてくる。視線すら刺激になり、男根はますます硬くなった。

「カチカチになってるよ」

野太く成長した太幹に、美波のほっそりした指が触れてくる。恐るおそるといった感じて巻きつけると、ゆったり上下に擦りはじめた。

「ううぅッ……」

とたんに甘い刺激が全身にひろがった。

妻とはすれ違いの生活で、ここのところセックスレス状態だった。久しぶりの刺激で先走り液がどんどん漏れてしまう。両足がつま先まで突っ張り、無意識のうちに股間を突き出していた。

「こんな感じでいいんだよね」

彼女自身はオプションサービスのハンドマッサージを拒否したが、店でまわりがやっているのは目に入っていたという。だから、なんとなくだが、やり方は把握しているようだった。

竿《さお》をゆっくり擦っていたかと思うと、亀頭に手のひらをかぶせてくる。そして、尿道口から溢れている我慢汁をヌルヌルと塗りのばして、亀頭全体をやさしく撫でまわしてきた。

「そ、そんなにされたら……」

新たなカウパー汁が次から次へと溢れ出す。それをさらに塗りのばされることで、どんどん滑りがよくなった。

「おじさんのここ、すごく濡れてるよ」

美波の瞳がしっとり潤んでいるように見えた。

再び太幹を握ると、スローペースでしごきはじめた。今度はカウパー汁が潤滑油となっているため、動きが数倍なめらかになっている。まるでローションをまぶしたように、ニュルニュルと滑る感触がたまらなかった。

「こ、これは……くううッ」

快楽の呻き声をこらえられない。ゆったりした手コキなのに、早くも射精欲が盛りあがっていた。

「おじさんの大きくて硬いよ……これ、気持ちいい？」

美波が手首を返しながら尋ねてくる。あくまでも焦《じ》らすような動きで、牡《おす》の欲望を極限まで掻《か》き立てた。

「ううッ……うううッ」

優作はもうまともな言葉を発することができない。我慢汁を垂れ流しながら、股間をはしたなく突きあげていた。

「ここも気持ちいいんでしょ？」

ほっそりした指が、カリ首を集中的に刺激する。カウパー汁にまみれたところを擦られると、腰が震えるほどの愉悦《ゆえつ》がひろがった。

「やっぱり気持ちいいんだね。この段差になってるところ」

優作が感じているとわかって気をよくしたらしい。美波は楽しげに目を細めて、指の動きを加速させる。敏感なカリを執拗に刺激しては、指の腹で尿道口をくすぐるように撫でまわしてきた。

「オシッコの出る穴も感じるんだよね」

「くうッ、も、もう……」

カウパー汁がとまらない。いつしか両足を踏ん張り、尻をシーツから浮かせてしまう。体はさらなる快楽を欲して、みっともなく股間を突きあげていた。頭のなかが熱くなり、もう昇りつめることしか考えられなかった。

「に、新山さんっ、ううッ」

「気持ちいいの？　いいよ、もっと気持ちよくなって」

美波がやさしくささやきかけてくる。

彼女の声も甘い刺激となり、鼓膜を心地よく振動させた。股間に受ける快楽が、さらに大きくなっていく。細い指が茎胴を擦りあげて、張り出したカリの段差を何度も摩擦する。我慢汁がとまらなくなり、さらに滑りがよくなった。

「うッ、ううッ……も、もうダメだっ」

優作が呻くと、美波は愛撫を加速させる。屹立したペニスを猛烈にしごかれて、ついに腰がガクガク震え出した。

「おおおッ……おおおおッ」

「出そうなの？　ねえ、もう出ちゃうの？」

尋ねてくる美波の声が、盛りあがった射精欲を煽り立てる。優作は股間を突きあげた格好で、獣《けもの》のような唸り声を振りまいた。

「で、出るっ、出る出るっ、ぬおおおおおおおッ！」

ついに最後の瞬間が訪れる。凄まじい快感の波が押し寄せて、精液が勢いよく尿道を駆け抜けていく。尿道口から飛び出す瞬間、全身の毛が逆立つほどの愉悦に襲われた。

噴きあがった精液は、白い放物線を描いてスウェットの上着に飛び散った。大量に放出するが、それでも美波はペニスを擦りつづけている。くすぐったさをともなう快感がひろがり、たまらず身をよじった。やがて、射精は徐々に勢いをなくして、最後は尿道口から薄い白濁液がじんわりと滲み出した。

「ああっ、すごい、こんなにいっぱい……」

美波の顔は赤く染まり、瞳がねっとり潤んで艶《なま》めかしかった。

射精の瞬間を目の当たりにして、多少なりとも興奮したのかもしれない。たっぷり放出した精液は、彼女の指にもべっとり付着していた。

美波は擦る速度をゆるめながら、最後の一滴まで搾り出してくれる。優作はされるがままで、ただ呻くことしかできなかった。全身が絶頂の余韻で痺れきっている。部屋には牡の生臭い匂いがひろがっていた。

(ど、どうして……)

まだ頭がまわらない。男根が急速に力を失い、欲望は穴があいた風船のように萎《しぼ》んでいった。

妻のことを忘れたわけではない。

それどころか、絶頂の波が引いていくほどに罪悪感がふくれあがっている。セックスをしたわけではないが、決して許されることではない。九年間の結婚生活ではじめての裏切りだった。

最近はすれ違いの生活だったが、別れることなど考えたこともない。一年後には東京に帰り、これまでどおりに夫婦で暮らす予定だ。それなのに単身赴任初日に、こんなことになってしまった。

「手、洗ってくるね」

美波が洗面所に向かうと、優作はティッシュでペニスとザーメンが飛び散ったスウェットを拭いた。

ボクサーブリーフとスウェットパンツを引きあげる。いつしか全身が心地よい疲労感に包まれて、急激な睡魔が襲ってきた。引っ越し初日からの急展開で疲れていたのであろう。さらにこの射精だ。もう瞼を持ちあげていられない。目を閉じると、体がふわりと浮きあがるような感覚に包まれた。

「おじさん、おやすみなさい」

微かな声が遠くで聞こえると同時に、意識が闇に呑みこまれてぷっつり途切れた。

第二章　ふしだら同居生活

1

コーヒーの香りがして、意識が深い眠りの底から浮上した。

「……ん？」

最初に目に入ったのは、見覚えのない天井だった。

優作はベッドで仰向けになったまま、周囲に視線をめぐらせた。そして、一拍置いて、ここが単身赴任先のマンションだということを思い出した。

（そうか……）

昨日、札幌に引っ越して、新生活をはじめたばかりだった。

気乗りしない転勤で、憂鬱《ゆううつ》な一年になると予想していた。ところが、初日から刺激的なことが起こった。見ず知らずの女性を部屋に泊めることになり、陰茎を手でしごかれて射精に導かれたのだ。

予想外の事態にとまどったが、快楽に溺れたのも事実だった。そして今、コーヒーの香りが部屋中に漂っていた。

(もしかして……)

優作はベッドで体を起こして振り返った。

キッチンに立っている美波の後ろ姿が見えた。丈の長いTシャツを着ており、裾から生足がのぞいている。ミニスカートのようになっていて、太腿が付け根近くまで大胆に露出していた。

どうやら、美波が朝食の準備をしてくれているようだ。

枕もとの時計を確認すると七時二十分だった。優作は七時半に目覚ましをかけていた。彼女はいったい何時に起きたのだろう。不思議に思いながら立ちあがり、ダイニングキッチンに向かった。

「あっ、おじさん、おはよう」

美波は振り返ると満面の笑みを浮かべた。

「お、おう……おはよう」

優作は昨夜のことを思い出して、動揺を押し隠すのに必死だった。あの夢のような快楽は記憶にしっかり刻みこまれていた。

「朝ご飯、作ってたの」

彼女の声は明るかった。

昨夜のことなど、なにもなかったような顔をしている。もしかしたら、触れてほしくないのかもしれなかった。

(そうか……そうだよな)

あんなことをして後悔しているのかもしれない。それなら、優作も何事もなかったように振る舞うべきだろう。

「ずいぶん早起きしたんだね」

「たまたま目が覚めたの。もうすぐできるから待ってて」

美波はそう言って背中を向けると調理を再開した。

意外と律儀なところがあるので、本当はお礼のつもりで早起きしたに違いない。突拍子もないところもあるが、健気で憎めない性格だった。

「じゃあ、顔を洗ってくるよ」

優作はトイレで用を足すと、顔を洗って歯を磨いた。

髭《ひげ》も剃《そ》りさっぱりして戻ってくると、ダイニングキッチンに置かれた備えつけの食卓に料理が並んでいた。

「おっ……」

感嘆の声が喉もとまで出かかるが、寸前で言葉を呑みこんだ。

皿にトーストが載っているが、明らかに焼きすぎで黒焦げになっている。目玉焼きもあるが、火が通りすぎて白身も黄身もボソボソだ。ベーコンにいたっては、縁が炭のようにまっ黒だった。

「おじさん、座って」

「う、うん……」

うながされるまま席につくが、胸の奥には不安がひろがっていた。

「はい、おじさんの好きなコーヒーね」

美波がコーヒーメーカーのガラスポットから、マグカップにコーヒーを注いでくれる。昨夜、買い物をしたとき、「毎朝、必ずコーヒーを飲むんだ」と話したことを覚えていたのだろう。

「じゃあ、いただきます」

まずはマグカップに手を伸ばした。

コーヒーがまずいことはないだろう。ところが、ひと口飲んで危うく吹き出しそうになった。

(な、なんだ、これは？)

まるで白湯《さゆ》を飲んでいるように味がない。かろうじて香りはついているが、よく見ると色もかなり薄かった。コーヒー粉の分量が少なかったのだ。

「あれ、やっぱり薄かった？　わたし、コーヒーってあんまり飲まないんだよね」

普段飲まないのなら、コーヒーメーカーで淹れたこともないのだろう。どうやら、さほど失敗に気づいていない様子だった。

「ちょ、ちょっと薄味だね……まあ、アメリカンだと思えば……」

優作は懸命に笑みを浮かべて、トーストに手を伸ばした。

「お、おいしそうだね」

「ちょっと焼きすぎちゃったけど、まずかったら残してね」

そんなことを言われると、なおさら食べなければいけない気がしてくる。このトーストは見るからに黒焦げで、体に悪そうにも見えた。半分に千切ってみると、なかは白かった。なんとか食べられると判断して囓《かじ》ってみた。

「う、うん、香ばしいね」

さらに目玉焼きを箸《はし》で摘《つ》まんで口に運ぶ。火が通りすぎているが、食べられないことはない。ベーコンはカリカリを通りすぎてカチカチだが、なんとか嚙み切ることができた。

「どうかな？」

美波がじっと見つめてくる。優作の反応が気になって仕方ないようだ。

「しっかり焼いてあるね……おいしいよ」

作り笑顔で答えると、彼女はほっとしたように微笑を浮かべた。

「じつは、料理はあんまり得意じゃないんだよね」

美波が恥ずかしげに告白する。だが、それは料理をひと目見た時点でわかっていた。

一所懸命作ってくれたことを考えると、よけいなことは言えなかった。それに、こうして準備してくれたことが、なによりうれしかった。

「新山さんは食べないの？」

「うん、今はちょっと……」

美波は薄いコーヒーを飲むだけで、先ほどからなにも食べていない。腹が空いていないのだろうか。

「朝はあんまり食べないタイプ？」

「そういうわけじゃないけど……」

どうやら食欲がないらしい。表情が冴えないのが気になった。

「おじさん……もう一、二泊だけさせてくれないかな」

美波は意を決したようにつぶやいた。

申しわけなさそうな顔で、優作の目をまっすぐ見つめてくる。そして、顔の前で手を合わせた。

「お願い……絶対に迷惑はかけないから」

懇願されると無下に断れない。見ず知らずの優作に頼んでくるのだから、かなり困っているのだろう。とはいえ、彼女とは昨夜出会ったばかりだ。悪人には見えないが、どこまで信用していいのかわからなかった。

「昼間は外に出て、住めるところがついてる仕事を探すから、夜だけ泊まらせてほしいの……決まったら、すぐにここを出ていくから、お願いっ」

なるほど、それは現実的な提案かもしれない。

優作が仕事を終えてアパートに帰るころ、美波のスマホに連絡を入れる。そうすれば彼女も無駄に行ったり来たりせずにすむだろう。

「わかったよ。じゃあ、今夜も泊まっていいよ」

「ほんと？　ありがとうっ」

美波は飛びあがらんばかりに喜んだ。よほど安堵したのか、瞳には涙さえ浮かべていた。そして、さっそくスマホを取り出すと番号の交換をした。

「安心したらお腹が空いてきちゃった」

彼女もトーストを囓り、目玉焼きに箸をつけた。ところが、とたんに表情を曇らせる。そして、優作の顔をじっと見つめてきた。

「まずいよ、これ……」

なにやら不審げな顔になっている。優作が嘘をついていたことがばれたようだった。

「そ、そうかな……」

「おじさん、無理しなくていいのに」

「無理なんかしてないよ」

本当は無理をしていたが、優作は慌ててすべてを食べきった。

「うまかったよ。ごちそうさま」

薄いコーヒーも飲みほして、満面の作り笑顔で礼を言う。すると、彼女は呆れた顔をしていたが、プッと小さく吹き出した。

「もう、無理しちゃって……でも、おじさん、ほんとやさしいね」

美波が笑ってくれるから、優作も作り笑顔ではなく心からの笑顔になった。

「ところで、どんな仕事を探すの？」

「またキャバクラかな。キャバ嬢、嫌いじゃないんだよね」

どうやら夜の蝶が性に合っているらしい。自分のやりたい仕事が一番だが、職場の環境は気になった。

「いいお店が見つかるといいね」

「うん、心配してくれてありがとう」

礼を言われると照れくさい。優作は彼女から視線をそらして時計を見やった。

「おっ、もうこんな時間だ」

転勤初日から遅刻するわけにはいかない。気合いを入れ直すと、大急ぎで準備に取りかかった。

2

札幌支店は観光名所にもなっている大通《おおどおり》公園の近くにあった。

マンションから徒歩でわずか十五分ほどだ。じきに雪が積もれば、もう少し時間がかかるだろう。それでも、東京では毎朝満員電車に揺られていたので、あの苦痛から解放されると考えただけでも気が楽だった。

「本日よりこちらでお世話になります、吉川優作です。わからないことばかりですが、どうかよろしくお願いします」

支店長に紹介されて、優作は社員たちの前で挨拶した。

総勢十名ほどの小さな支店だが、誰もがやる気に満ちた顔をしている。この雰囲気が示すとおり、札幌支店は前年比の業績がアップしていた。社員たちの活気が伝わってくる職場だった。

とはいえ、不思議と東京本店のようなギラギラした感じはない。社員たちの間には、どこか柔らかい空気が流れていた。

（ここで一年過ごすのか……）

正直なところ馴染めるか不安だった。

優作は入社してから、ずっと東京本店の営業畑を歩いてきた。地方支店への出張はあったが、ほとんどが一泊で慌ただしく帰るだけだった。札幌支店にも来たことはあるが、空気まで感じる余裕はなかった。

東京本店では社員同士がライバル意識を持っていた。互いに競い合うことで契約を勝ち取り、結果として会社の業績が伸びたという歴史がある。ギスギスすることもあるが、東京本店の緊張感が嫌いではなかった。

札幌支店の和気藹々《あいあい》とした雰囲気のほうが苦手だ。課長という立場上、ときには非情な決断を迫られることもある。そういうときはビジネスとして割りきることも必要だが、この職場に慣れてしまうと決断が鈍りそうだった。

「吉川課長、よろしくお願いします」

声をかけてきたのは入社三年目の田中圭吾《たなかけいご》という若手社員だ。

今日一日、優作は主要な取引先に挨拶まわりをするのだが、その案内を圭吾がしてくれることになっていた。

「よろしく頼むよ」

さっそく出かけることになった。

課長の優作が早急に把握しておかなければならない大口の取引先は、大通公園と札幌駅付近に集中している。圭吾が社用車を運転して、各企業を訪問してまわることになった。

この日はほぼ挨拶のみで、優作はとにかく名刺を配りつづけた。今後のビジネス展開のために、顔と名前を覚えてもらうのが目的だ。相手に自分を印象づけるため、東京本店の営業部で課長を務めていたことを必ず話した。

取引先との関係は概《おおむ》ね良好だという。どこの担当者も歓迎してくれて、確かにいい関係を築けていることがわかった。

昼飯は札幌が発祥と言われているスープカレーの店に案内された。

人気店らしく行列ができていたが、昼はいつものことだという。ようやくありついたスープカレーは、さらさらしているのに味は濃厚でスパイシーだった。骨付きのチキンがしっかり煮こまれており、そのうまさに感動した。

（昼飯、ちゃんと食べたのかな……）

食後にインド料理の定番ドリンク、ラッシーを飲んだ。ヨーグルトと牛乳をまぜたもので、さっぱりして美味だった。そのとき、ふと脳裏に浮かんだのは、妻ではなく美波の愛らしい顔だった。

今朝、優作が出勤するときに、美波はボストンバッグを肩にかけて出かけた。別れ際に見せた不安げな顔が忘れられない。このまま追い出されるのではと心配していたのではないか。

（なにか言ってあげればよかったな……）

今ごろになって安心させる言葉をかけるべきだったと思う。だが、初出勤の緊張もあって気がまわらなかった。

それにしても昨夜は信じられない体験をした。

まだ美波の手の感触を覚えている。出会ったばかりの若い女の子に陰茎をやさしくしごかれて、思いきり射精したのだ。あの蕩《とろ》けるような快楽を回想するだけで股間が疼いてしまう。

「課長、大丈夫ですか？」

呼びかけられてはっとする。ぼんやりしている優作を見て心配したのだろう、圭吾が様子をうかがうようにこちらを見ていた。

「あ、ああ、大丈夫だ」

つい物思いに耽《ふけ》ってしまった。

昨夜の体験はそれほどまでに強烈な印象を残していた。しかし、昼休みとはいえ、仕事中に部下の前で気を抜くとは上司失格だった。

「よし、そろそろ行くか」

今は仕事に集中しなければならない。優作は気合いを入れ直して、美波のことを頭の隅に追いやった。

午後の挨拶まわりも順調に進み、残す訪問先はあとひとつになった。

「これから行くところなんですけど――」

圭吾がハンドルを握りながら重い口調で切り出した。

今、向かっているのは、丸亀《まるがめ》文具店という歴史ある文房具屋だ。以前はかなりの売上があり、市内にいくつか支店を出すほどだった。札幌支店もオフィス用品をずいぶん卸して、高い販売実績を誇っていた。

しかし、近年は大型店やネット通販にシェアを奪われて苦戦を強《し》いられている。支店を次々と畳み、現在営業しているのは本店だけになっていた。

「どうも経営が苦しいみたいなんです。今年に入って、支払いが遅れることがありまして……一応、お耳に入れておこうかと」

「なるほど……」

優作は助手席で資料を見ながら思わず唸った。

丸亀文具店は過去の実績があるため、割り引いた価格で商品を卸している。しかし、近年の数字を見ると、かなり厳しい状況になっていた。もはや優遇するべき取引先とは言えなかった。

「支店長は把握しているのか？」

「はい、報告してあります。とりあえず様子を見ようということになっています」

「そうか……」

優作はうなずいたか、内心では納得していなかった。

支店長のやり方は甘いのではないか。昔からのつき合いなので、なあなあになっているのではないか。そんな考えが脳裏をかすめた。ここはしがらみのない自分がガツンと言うしかなかった。

大通公園沿いの道から路地に入り、少し進むと丸亀文具店が見えてきた。

二階建ての自社家屋でひっそりと経営している。お世辞にも流行《はや》っているようには見えなかった。車を停車して、ふたりで店に向かった。

「どうもお世話になっております」

圭吾が声をかけると、すぐに奥から女性が顔をのぞかせた。

「あっ、こんにちは」

柔らかい雰囲気の女性だった。

事前に圭吾から聞いていた。彼女は担当者の鈴村《すずむら》友里《ゆり》、三十二歳で既婚者だという。濃紺のタイトスカートに白いブラウスという地味な服装だが、セミロングの黒髪は艶やかに輝いていた。

「はじめまして、吉川です。東京から転勤してきました。よろしくお願いいたします」

圭吾から紹介を受けて、優作は名刺を差し出しながら腰を折った。

「ご丁寧にどうも……鈴村です」

友里も慌てた様子で名刺を出してきた。

「東京からということは……」

「単身赴任なんです」

「そうなんですか、大変ですね。こちらにどうぞ」

軽く言葉を交わしてから店舗の奥に案内される。

そこは小さな事務所になっていて、事務机やコピー機などが配置されていた。ところが他に社員の姿はなく、がらんとしている。事務所の一角にはソファセットが置かれていた。

「おかけになってお待ちください」

優作と圭吾が並んで腰をおろすと、しばらくして友里が緑茶を運んでくる。社長が来るのかと思ったが、テーブルを挟んだ向かいには、そのまま友里が腰をおろした。

「あの、社長さんは？」

「すみません、社長は配達に出ておりまして、戻るのはおそらく七時すぎになると思います」

友里が申しわけなさそうに頭をさげた。

事前に圭吾から聞いた情報によると、友里は社長の息子と結婚しているという。家族経営の店なので、友里に話しておけば社長にもきちんと伝わるようだ。

優作はひととおり挨拶をすませると、思いきって売上のことを切り出した。

「以前と比べると、だいぶ落ちこんでいるようですね」

そのひと言で空気が変わった。友里の頬がこわばり、隣に座っている圭吾がこちらをチラリと見た。

丸亀文具店としても、いろいろ対策を練っているらしい。

今は注文が入ったら、その日のうちに配達することでネット通販との差別化をはかっているという。それで他の社員たちは出払っているのだろう。しかし、売上が落ちているのは事実だった。

「じつは卸値の割引条件の変更を検討しております。現在の取引額に見合ったものにさせていただきたいのです」

割引条件をなくせば、店側は仕入れ先を変えるかもしれない。だが、仮にそうなったとしても、当社の損害は軽微だ。むしろ節約した割引経費を大手取引先に注ぎこむことで、売上アップが期待できるだろう。

「仕入れ額があがったら……うちのように小さなところは……」

友里が困惑した様子でつぶやいた。

眉を八の字に歪めた表情が、妙に色っぽくてドキリとする。思わず見惚《みと》れそうになり、優作は慌てて気持ちを引き締めた。

しかし、どうしても友里のことを女性として意識してしまう。大きく膨らんだ胸もとに、ついつい視線が引き寄せられる。白いブラウスにはブラジャーのレースがうっすらと透けていた。

(ど、どこを見てるんだ……)

慌てて視線を引き剝がし、太腿の上に乗せていた両手を強く握った。

なぜか集中力を欠いている。仕事中にこれほど気が散るのははじめてだ。昨夜の美波との一件が影響しているのかもしれない。久しぶりに牡の欲望を思い出したせいか、友里のちょっとした仕草が気になって仕方なかった。

「ま、まだ決定したわけでは……」

なんとなく強く言いづらくなってしまう。優作は言葉を選び、悲しげな顔をする友里に語りかけた。

「そういう可能性もあるということです」

ビジネスである以上、つらい決断をくださなければならないときもある。だが、友里に潤んだ瞳で見つめられると、含みを持たせるだけで完全に突き放すことはできなかった。

丸亀文具店をあとにして車に戻ると、圭吾は納得がいかないといった感じで口を開いた。

「うちが割引をやめてしまったら、店の経営を圧迫することになります」

「ビジネスはクールになることも必要だよ。支払いが滞っているんだろう？」

売上が急落している小売店は突然倒産することがある。何度もそういう現場に遭遇してきた。売掛金を回収できなくなるという最悪の事態は避けなければならない。リスクは最小限に抑える必要があった。

「でも、最近は売上も安定しているようです。もう少し様子を見てもいいのではないでしょうか」

札幌支店は古い取引先とのつき合いを大切にしてきたという。

確かにこれまでの支店のやり方を無視するつもりはない。東京とは違う営業のスタイルがあるのだろう。支店長と相談して決めるつもりだと伝えると、圭吾はようやく車のエンジンをかけてハンドルを握った。

会社に戻ったのは午後五時前だった。

支店長に丸亀文具店のことを報告すると、やはりもう少し様子を見ようという話になった。呑気な気もするが、支店長がそう判断を下したのなら仕方がない。初日から自分の意見を主張しすぎるのはよくないと思った。

その後、優作がパソコンに向かって営業日報を作成していると、支店長が声をかけてきた。今夜、優作の歓迎会をやるという。美波の顔が脳裏をよぎったが、六時から居酒屋を予約してあると言われたら断れなかった。

(連絡しておかないと……)

途中でトイレに立ち、個室に入ってスマホを確認した。美波からメールは来ていないので、優作は急いで文章を打ちこんだ。

――これから歓迎会があるので、帰りは少し遅くなります。お開きになったら、またメールします。

少し味気ないだろうか。絵文字でも入れようかと思ったが、慣れないことをするのは照れくさい。他に書くこともないので、そのままの文章で送信した。

しばらく返信を待ってみたが、スマホは静かなままだった。

そのうち連絡があるだろう。キャリーバッグは部屋に置いてあるのだから、このまま美波が消えることはあり得ない。なんとなく心配だが、歓迎会に出席しないわけにはいかなかった。

3

会社の近くにある居酒屋で、優作の歓迎会が行われた。

東京本店でも決起集会や歓送迎会など、飲み会はときどき開かれていたが、まったく雰囲気が異なっていることに驚かされた。

社員同士の仲がよく、上司と部下の間にも壁がない。最初は違和感を覚えたが、途中から少しずつ慣れてきた。小さな支店ならではの感覚かもしれない。職場の飲み会とは思えないアットホームな感じで気さくな雰囲気だった。

優作はみんなと談笑しながらも、頭の片隅では美波のことを気にしていた。頻繁にスマホを見ることはできない。トイレに立ったときに何度かメールをチェックしたが返信はなかった。

歓迎会がお開きになり、居酒屋の前でみんなと別れた。

時刻は夜八時をすぎたところだ。二次会組もいるようだが、優作は初日で疲れたからと丁重に断った。

みんなの姿が見えなくなったところでスマホを取り出して確認した。ところが、美波からメールは来ていなかった。

(おかしいな……)

なにかいやな予感がした。

最初のメールを送ってからずいぶん経っている。とにかく、飲み会が終わったと打ちこんで送信すると、歩調を速めてマンションに向かった。

途中、雪が降ってきた。思いのほか降り方が強くなり、道路も歩道もあっという間に白くなった。

(うわっ、すごいな……)

昨日の雪など比較にならない。それでも大通公園を行き交う人たちは、ごく普通に歩いていた。

道産子《どさんこ》たちにとっては、きっとこれくらいの雪は当たり前のことなのだろう。

先ほどの歓迎会でも、そろそろ積もって根雪になるという話題が出ていた。滑り止めがついた雪道用の靴を買っておかないと、とてもではないが滑って歩けないと忠告されたばかりだった。

気温もずいぶんさがっている。凍《い》てつくような寒さだが、まだまだこんなものではないという。

最低気温だけではなく最高気温もマイナスの日があるというから、冷凍庫のなかで暮らしているようなものだ。東京で生まれ育った優作には、考えられないような過酷な環境だった。

歩きながらときどきスマホを確認するが、美波からの返信はない。それならばと電話をかけてみるが、電源を切っているのかつながらなかった。

ようやくマンションが見えてきた。

優作の部屋は二階の一番奥の角部屋だ。階段をあがると、外廊下にも雪が吹きこんでいた。

(ん……なんだ？)

玄関ドアの前になにかが置いてあった。

蛍光灯はついているが、雪が舞っているため視界がはっきりしない。優作は思わず眉間に縦皺《たてじわ》を寄せて歩調を速めた。

白い塊に見えたので雪かと思った。だが、近づくにつれて形がわかってくる。白いダウンコートを着た女性がうずくまっていた。

「新山さん？」

歩きながら声をかけると、ゆっくりこちらを向くのがわかった。

「お……おじさん」

か細い声だが美波に間違いない。この寒いなかドアに寄りかかり、膝を抱えてしゃがみこんでいた。

「な、なにやってんだ」

「お……おかえりなさい」

もうほとんど声になっていない。見るからに頬の筋肉がこわばっている。まるで凍りついたように表情が硬かった。

「こんなとこで待ってたら凍死するぞ」

慌てて抱き起こすと、体はすっかり冷えきっていた。

いつからここにいたのか顔はまっ白で、もう言葉を発する元気もなかった。とにかく鍵を開けて部屋に連れこんだ。すぐにエアコンをつけると、彼女をベッドに座らせて毛布と布団をかぶせた。

「大丈夫か」

優作は隣に腰かけて彼女の背中を必死に擦った。そんなことをして効果があるのかわからない。とにかく、温めてあげたい一心だった。

美波は小刻みに震えつづけている。内側からも温めようと、いったん離れてコーヒーメーカーをセットした。再びベッドに戻って隣に座ると、あまりにもかわいそうで、優作は無意識のうちに布団の上から強く抱きしめた。

「ま、待ってた……おじさんのこと」

頬が氷のように冷たくなっている。

「いつから待ってたんだ」

「わ……わかんない」

歯がカチカチ鳴っている。声にも生気がなくて不安になった。

「メール見なかったのか？」

耳もとで問いかけると、美波は小さくうなずいた。

「じゅ、充電が……」

どうやらスマホの電池切れらしい。彼女は優作が最初に送ったメールも見ていなかったのだ。

「だからって、こんなところで待たなくても……」

途中まで言いかけて優作は口を閉ざした。

考えてみれば、彼女はお金を持っていなかった。ファストフード店やファミレスで待つことはできないのだ。メールで連絡をしたくてもスマホは充電切れだった。それで仕方なく、ドアの前で待っていたのだろう。

「あんな寒いところで、ずっと……」

優作がいつ帰ってくるかもわからず、不安でたまらなかったに違いない。うずくまっていた彼女の姿を思い返すと胸が苦しくなってしまう。それと同時に、どうしようもないほど愛おしさがこみあげた。

(そうだよな……どこにも行く場所がないんだよな)

今、彼女を守ってあげられるのは自分しかいない。そのことに気づいて、胸にこみあげてくるものがあった。

「悪かった」

抱きしめたまま謝罪する。謝る必要はないのかもしれない。それでも謝らずにはいられなかった。

「明日からは昼間も部屋にいていいから」

勢いで言ってしまったわけではない。美波はこんなにも震えているのだ。もう知り合ってしまったのだから、突き放せるはずがなかった。

「で、でも……」

美波がとまどった様子でつぶやいた。行く当てもないのに遠慮している。そんな健気な彼女がかわいくてならなかった。

「仕事が見つかるまで、ここにいていいよ」

「い……いいの？」

美波は唇を震わせながら、優作の顔を見つめてきた。瞳が潤んでおり、今にも涙がこぼれそうだった。

「いいんだよ」

「お、おじさん……ありがとう」

涙ぐみながら感謝の言葉を述べてくれる。優作も目が潤みそうになり、奥歯を強く食い縛《しば》った。

「そ、そうだ、コーヒーを淹れてるんだった」

照れくさくなり、美波の身体からすっと離れた。そしてキッチンに向かうと、マグカップに熱いコーヒーを注いだ。

（そういえば……）

彼女は昨日、ココアを飲みたいと言っていた。

きっと甘いものが好きなのだろう。ココアはないがコーヒーにミルクと砂糖をたっぷり入れて、よく掻き混ぜてからベッドに戻った。

「これを飲んでごらん。温まるよ」

「うん……」

美波は両手でしっかりマグカップを持つと、震える唇をそっと縁につけた。

「甘くておいしい」

先ほどまでこわばっていた頬に微かな笑みが浮かんだ。

身体が温かいものを欲していたのだろう。彼女は夢中になって甘いミルクコーヒーを飲みほした。

「あったかくなってきた」

いくらか血色がよくなっている。身体の震えもようやく収まった。

「とりあえず大丈夫そうだな。落ち着いたらシャワーを浴びて温まるんだ。俺はコンビニに行ってくる」

「コンビニ？」

「なにか食べるものを買ってくる。腹、減ってるだろ？」

「大丈夫だよ」

美波は遠慮してつぶやくが、その側から腹がクゥッと音を立てた。

「ほらみろ、腹ぺこじゃないか」

「ち、違うよ。急にコーヒーを飲んだからだよ」

まっ赤になって反論するが、空腹なのは間違いない。なにしろ、彼女は朝ご飯を食べたきり、街をさ迷い歩いていたのだ。

「腹いっぱい食わせてやる。いいからシャワーだ」

「うん……ありがと」

優作が強く言うと、美波は意外にも素直にうなずいた。そういうところも、かわいくて仕方なかった。

美波がふらりと立ちあがって顔を寄せてくる。首に腕をまわしてきたかと思うと、いきなり唇を重ねてきた。

「なっ……んんっ」

あまりにも唐突で身動きできなかった。

まさか美波のほうからキスをしてくるとは驚きだ。マシュマロのように柔らかい唇の感触がたまらない。陶然となって立ちつくしてしまう。

(キ、キス……してるんだ)

お礼のつもりなのかもしれない。そう思うと振り払うこともできず、美波とのキスにうっとり酔いしれた。

「ほ、ほら、もうシャワーを浴びてくるんだ」

理性の力を振り絞り、唇をそっと離して語りかける。今はとにかく身体を温めることが最優先だった。

「うん、わかった」

美波は恥ずかしげに微笑んだ。頰にはほんのり赤みが差しており、だいぶ血色が戻っていた。

4

翌日は美波をマンションに残して出勤した。

部屋にあるものは、なんでも勝手に使っていいと伝えてある。スマホを充電するのも、エアコンをつけるのも自由だ。テレビも見放題だと言っておいた。そうしないと遠慮して我慢するかもしれなかった。

美波は一見奔放だが、律儀で健気な面もある。だからこそ、優作は彼女に惹かれたのだろう。

買い置きの食材が減っていたので、昼飯代として少しだけお金を渡しておいた。今夜はそれほど遅くならないはずだから、晩ご飯はふたりでいっしょに食べるつもりだった。

この日は一日中、社内で資料と向き合っていた。支店長からも話を聞いて、売上アップの対策を練った。

そして、定時を三十分ほどすぎてタイムカードを押した。会社を出ると、うっすら雪が積もったなかを歩いて帰った。

昼休みにデパートで滑り止めのついた雪道用の革靴を購入して、すでに履き替えている。まったく滑らないわけではないが、それでもこれまで履いていた靴よりはずいぶん歩きやすかった。

(新山さんがいるんだよな……)

自宅の玄関の前まで来て一瞬考えこんだ。自分の鍵で開けようか迷ったが、結局インターホンのボタンを押した。

「はーい」

少し間を置いて、元気のいい声がスピーカーから返ってくる。美波の声に間違いなかった。

「あ、俺だけど……」

またしても迷ってしまう。自分の家だと思うと、どう声をかけるべきかわからなくなった。

「今、開けるね」

足音が近づいてきて、すぐにドアが開け放たれた。

「おかえりなさい」

美波が満面の笑みで迎えてくれる。この明るい表情を見ただけで、一日の疲れが吹き飛ぶ気がした。

「ただいま」

答えながら優作も思わず笑顔になる。彼女には人の心を温かくする力が備わっている気がした。

今日の美波は白いミニスカートにオレンジ色のTシャツという服装だ。ストッキングを穿いていないので、健康的な太腿が剥き出しだった。白くてすらりとしたふくらはぎも露わになっていた。

「寒かったでしょ」

「うん、凍えそうだよ」

玄関に入ってドアを閉めると、彼女がすっと手を握ってくる。なにをするのかと思えば、両手でしっかり包みこんできた。

「ほんとだ。すごく冷たくなってる」

彼女の体温がじんわり伝わってくる。柔らかくて温かくて心地いいが、同時に恥ずかしくなってしまう。

「も、もう大丈夫だよ」

「おじさん、照れてるの？」

美波はからかうように言って見つめてくる。視線がからみ合うと、思わず顔がカッと熱くなった。

「そ、そんなわけないだろ……」

照れ隠しで、ついぶっきらぼうな口調になってしまう。言った直後に失敗したと思ったが、彼女は気を悪くした様子もなく笑っていた。

「ご飯作ってるところだから、先にお風呂に入っちゃって。もう沸いてるから」

「食材はどうしたんだ？」

「おじさんがお金くれたでしょ。あれで買ってきたの」

昼飯代にと思って渡したのに、昼は軽くすませて、残りのお金で晩ご飯の食材を買ったらしい。しかも優作の帰宅時間を予想して、風呂を沸かしておいてくれた。

「そんなに気を使わなくてもいいのに……ありがとう」

「はいはい、お風呂に入っちゃって」

礼を言われて照れているのか、美波が急《せ》き立ててくる。優作はうながされるまま風呂に入り、冷えきった体を湯船でしっかり温めた。

風呂からあがると、なにやら焦げ臭かった。キッチンに向かうと美波が悲しげな顔で立っていた。

「また失敗しちゃった」

肩を落としてフライパンをのぞきこんでいる。心なしか部屋のなかが煙っている気がした。

「どうした？」

彼女の隣に立って見おろすと、フライパンに黒い物体が載っていた。

「これ……なに？」

「ごめんなさい……」

美波はぽつりとつぶやいて肩をすくめる。豚バラが入っていた容器が近くにあったので、おそらく豚肉を焦がしたのだろう。どうやったらここまで黒くなるのか不思議だった。

「ご飯はなんとか炊けたんだけど、おかずが……」

「大丈夫だよ。あとは俺がやるから新山さんは休んでて」

料理は得意じゃないと言っていた。それでも、自分のために作ろうとしてくれた気持ちがうれしかった。

「でも……」

「お風呂、すごく気持ちよかったよ」

掃除は得意らしい。風呂はピカピカに磨かれており、じつに快適だった。

冷蔵庫を確認すると、美波が買ってきた野菜が少しある。もやし、長ネギ、にんじん、白菜、いったいなにを作るつもりだったのだろう。とにかく、これだけあれば簡単なものなら作れそうだ。

「よし、鍋にするか」

野菜を突っこんで煮こめばそれなりの味になる。ある程度の調味料は東京から送ったので、なんとかなるだろう。

土鍋がないのでアルミの鍋に刻んだ野菜を放りこみ、水を注いで醤油と調味料で味を調《ととの》えていく。ざっくりした男の料理だが、優作の手際が意外だったのか、美波は目を丸くして見つめていた。

「おじさん、料理が得意だったんだ」

「家事を分担してたからね」

妻の香織も働いているので、優作も家事をせざるを得なかった。だから、それなりに料理もできるようになっていた。

「奥さん、料理は作らなかったの？」

「まったく作らないわけじゃなかったけど……」

あまり妻の話はしたくなかった。

こうして美波とふたりきりでいると、胸の奥で罪悪感が刺激される。優作が言葉を濁したことで、美波はなにかを察したのだろう。大胆に見えるが、本当は繊細でやさしい性格だ。それ以上、妻のことを聞こうとしなかった。

しばらく煮こんで野菜鍋が完成した。鍋ごと食卓に運び、ようやく晩ご飯を食べることになった。

「わーい、鍋だ。いただきまーす」

美波は手を合わせると、さっそく出汁《だし》を吸った白菜を口に運んだ。その直後、いきなり目を丸くした。

「わあっ、おいしい！」

「おおげさだな。こんなのたいしたことないよ」

優作は内心喜びながらも平静を装った。

野菜鍋と白いご飯だけだが、体も温まるし悪くない。なにより、かわいい美波と食べるのが楽しかった。さすがに野菜だけでは味気ないが、そのぶん彼女の笑顔がカバーしてくれた。

「おじさん、すごいね。鍋料理なんて作るんだ」

「こんなの簡単だよ。煮こむだけだから」

「ふうん、なんか家族団欒《だんらん》って感じでいいね」

美波がつぶやくのを聞いて、ふと疑問に思った。

彼女の反応になんとなく引っかかりを覚えた。もしかしたら、鍋料理をあまり食べたことがないのかもしれなかった。

「わたしも料理がんばるよ」

「そんなこと気にしなくていいよ。それより仕事を探すほうが先だろう?」

「うん、そうだよね」

美波は笑いながら、いっぱい食べてくれる。これほど喜んでくれるのなら、毎晩でも作っていいと思った。

5

優作はベッドで横になっていた。

部屋の明かりは豆球に切り替えてある。疲れているのに、美波のことが気になって眠れなかった。

食事を終えると、美波は率先して洗いものをしてくれた。

そして今、彼女は風呂に入っている。先ほどから湯を流す音やシャワーの音が聞こえていた。やがて浴室のドアが開き、彼女が出てくるのがわかった。

足音がゆっくり近づいてくる。そして、ベッドの横で立ち止まる気配がした。目を閉じていても、彼女の視線をはっきり感じる。それでも、優作は狸寝入りをつづけていた。

「おじさん……」

しばらくして美波が語りかけてくる。優作はどうするべきかわからず、仰向けのままじっとしていた。

「起きてるんでしょう」

再び美波が声をかけてくる。無視することはできず、優作は閉じていた目をゆっくり開いた。

「なっ……に、新山さん」

ベッドのすぐ横に立っている美波は、裸体に白いバスタオルを巻きつけただけの格好だった。

「やっぱり起きてたんだね」

「この前みたいなこと、しなくていいんだよ」

すぐに状況を察知して、優作は説得するように静かに語りかけた。一昨日の夜の手コキはとても気持ちよかったが、さすがに断った。

ところが、美波の行動は、優作の想像を超えていた。彼女はバスタオルに手をかけると、すっと取り去ってしまう。豆球のオレンジがかった光の下で、二十三歳の瑞々《みずみず》しい裸体が露わになった。

乳房は大きくて張りがあり、乳首はツンと上を向いている。鮮やかなピンクで乳輪は小さめだった。

（に、新山さんの……）

生の乳房を見るのは久しぶりだ。妻とはセックスレス状態だったので、なおさら若い裸体を目にした刺激は強烈だった。

腰は細く締まっていて、艶めかしい曲線を描いている。腹は平らだが恥丘は妖《あや》しくふくらんでいた。そこに漆黒の秘毛がわずかに茂っている。もともと薄いらしく、白い地肌が透けていた。

「な、なにを……」

困惑する優作の前で裸体をさらすと、彼女はバスタオルをはらりと落とす。恥ずかしげに腰をくねらせるが、裸体を隠そうとはしなかった。

「お、俺は……そ、そんなつもりじゃ……」

どうしても声がうわずってしまう。若い女体を目の当たりにして、平静ではいられなかった。

美波の表情は妙に落ち着いていた。

覚悟を決めているというよりは、こうなることが当たり前と思っているようだ。無理に自分を奮い立たせている様子もなければ、嫌々やっているわけでもない。あえて言うなら自ら進んでやっているような感じだった。

美波はベッドに腰かけると、掛け布団と毛布を剝ぎ取ってしまう。そして、優作のスウェットに手をかけた。まずは上着をまくりあげられていく。本気で抵抗するなら突き飛ばせばすむ話だ。

(でも……)

こんなチャンスは二度とないかもしれない。

若い女性が裸で迫ってきたのだ。しかも、美波は健気でかわいらしい。これから起こることを想像すると、それだけで男根が芯を通して硬くなった。

(俺には妻が……どうすれば……)

手を伸ばせば届く距離に、二十三歳の瑞々しい裸体がある。まずいと思っているが、どうしても拒絶できない。葛藤しつつも、頭の片隅ではこのまま流されることを望んでいた。

逡巡しているうちに上半身を裸にされて、スウェットパンツに彼女の細い指がかかった。その瞬間、無意識のうちに尻を浮かせてしまう。すると、スウェットパンツとボクサーブリーフがまとめて引きおろされた。

「ううっ……」

屹立した男根がブルンッと勢いよく跳ねあがる。亀頭は我慢汁で濡れており、周囲に牡の濃厚な匂いがひろがった。

「もうこんなに……」

美波は目もとを微かに赤らめた。

積極的に振る舞いながらも、逞《たくま》しくそそり勃《た》ったペニスを目の当たりにして動揺している。そうやって照れる姿がかわいくて、優作のなかで眠っていた男の欲望を揺り起こした。

スウェットパンツとボクサーブリーフがつま先から抜き取られる。裸にされて困惑するが、視線は瑞々しい女体に釘付けだ。彼女が動くたび、大きな乳房がタプンッと波打つのがたまらなかった。

「わたしも、横になっていい？」

美波はそう言うと、返事を待つことなくベッドにあがってきた。

優作が仰向けの体を壁際にずらせば、彼女は躊躇することなく隣で横たわる。シングルベッドなので、自然と身体を寄せる形になった。

ていた。

「に、新山さん……」

腕に柔らかいものが触れている。美波は横を向いているため、乳房が押し当てられていた。

(なんて柔らかいんだ……)

柔肉がひしゃげており、なめらかな皮膚が密着している。蕩けそうな感触とシルクのような肌触りが、優作の気持ちをますます煽り立てた。

「おじさん、こっち向いてよ」

囁くような声だった。

横顔に美波の熱い視線を感じるが、優作はまっすぐ天井をにらみつけていた。湿った髪から漂う甘いシャンプーの香りが鼻腔をくすぐっている。本当は隣を見たくてたまらない。だが、緊張のあまり動くことができなかった。

「わたしのこと見て」

再び耳もとで彼女の声が聞こえた。

美波が脚をからめてくる。優作の太腿に片脚を乗せあげて、内腿をぴったり密着させてきた。柔らかい肉の感触がひろがっている。しかも恥丘が腰に触れており、ふわふわの陰毛が皮膚を撫でていた。

「ねえ、おじさん……」

甘く囁く声とともに、熱い吐息が耳孔に流れこんでくる。くすぐったさをともなう快感が湧き起こり、背筋をゾクゾクと駆け抜けた。

「くうっ……」

反射的に隣を見ると、美波と視線が重なった。

息がかかるほどの距離で、裸の若い女性と見つめ合っている。豆球の弱々しい光の下で、彼女の瞳はねっとりと潤んでいた。

「ど、どうして、こんなことを……」

押し倒したい気持ちを抑えこみ、理性を総動員して言葉を紡いだ。

美波は奔放な性格だが、身体を安売りするような女性ではない。だからこそ、キャバクラの過激なサービスを拒否してクビになったのだ。それなのに、こんなことをする理由がわからなかった。

「おじさん、いい人だから」

美波は視線をそらすことなくつぶやいた。

「俺は、いい人なんかじゃ……」

ふと脳裏に妻の顔が浮かんだ。本当にいい人だったら、妻を裏切るようなことはしないだろう。

「だって、どこの誰かもわからないわたしを助けてくれたんだよ」

澄んだ瞳で言われると、胸の奥がチクリと痛んだ。

本当に純粋な気持ちで彼女を助けたと言えるだろうか。若くてかわいいい女性だったから、邪《よこしま》な気持ちが湧きあがったのではないか。

「だから、お礼をさせてほしいの……」

美波が手で胸板を撫でてくる。円を描くようにゆったり這いまわり、指先で乳首をくすぐってきた。

「うっ……」

思わず小さな声が漏れてしまう。

甘い刺激が生じて、乳首がジーンと痺れている。胸板をゆっくり撫でながら、ときおり指先が乳首をかすめていく。そのたびに快感の微電流が湧き起こり、まるで波紋のように全身へとひろがっていった。

「硬くなってきたよ」

子供がおもちゃを見つけたようなはしゃいだ声をあげると、美波は乳首を摘まみあげてくる。人差し指と親指で挟み、クニクニとやさしく転がしてきた。

「ちょ、ちょっと……ううっ」

刺激に合わせて体が小刻みに震えてしまう。反応するのが恥ずかしくて抑えようとするが、彼女は執拗に乳首をいじりまわしてきた。

「乳首も感じるんだね」

左右の乳首を交互に刺激される。充血して硬くなることで、さらに感度があがっていった。

「に、新山さん、そ、そこは、もう……」

「じゃあ、こっち？」

彼女の手が胸板から腹へと移動する。手のひらでゆっくり撫でながら、臍《へそ》の周囲で円を描いた。指先が不意を突くように脇腹を撫であげる。体がビクッと反応するのが恥ずかしいが、快感が大きくて抑えられなかった。

さらに彼女の手が股間に近づき、陰毛を指先で弄《もてあそ》ぶ。そっと撫でたり、掻きわけたりしながら、ついには指先がペニスに到達した。

「硬い……カチカチだよ」

竿の裏側にある縫い目の部分に指を這わせてくる。根元のほうから亀頭に向かって撫であげたかと思えば、今度は根元のほうへとさがってきた。

「うっ……ううっ……」

表面をそっと撫でるだけだが、その焦れるような刺激がたまらない。何度もくり返されて、尿道口から我慢汁が溢れ出した。

「お汁がいっぱい……」

美波は独りごとのようにつぶやき、ついには細くて白い指を太く張りつめた茎胴に巻きつけてくる。そして硬さを確かめるように、キュッ、キュッと強弱をつけて握りしめてきた。

「そ、それ……ううッ」

「すごく硬いよ。おじさんのここ」

さらに美波は添い寝をした状態で、男根をゆっくりしごきはじめる。あくまでもスローペースだが、根元から先端までをやさしく刺激していた。

「なんか、わたしもヘンな気分になってきちゃった……」

美波が恥丘を擦りつけてくる。片脚をからめた状態で腰を微かに揺らして、自分の股間を刺激していた。

「に……新山さん？」

ペニスをしごかれる刺激はもちろんだが、腰に押し当てられている彼女の股間が気になって仕方がない。恥丘に生えている陰毛の感触だけではなく、確かな湿り気が伝わってきた。

「もしかして……ぬ、濡れてる？」

瞳を見つめて問いかけると、彼女の顔がまっ赤に染まった。

「だって……」

美波はそれ以上なにも言わず、いきなり優作の股間にまたがってくる。両膝をシーツにつけた騎乗位の体勢だ。

「ほ、本当に……いいの？」

胸のうちには期待がひろがっている。早くひとつになりたいと思う一方で、わずかに残っている理性が働いていた。

「……いいよ」

見おろしてくる瞳が潤んでいる。美波も欲情しているに違いなかった。

左手を優作の腹に置き、右手でペニスをつかんでくる。そして、ほんの少しだけ腰を動かした。

「あンっ……」

美波の甘い声とニチュッという湿った音が重なった。

亀頭が女陰に触れたのだ。ペニスの先端に確かな湿り気を感じている。柔らかい女陰は、やはりたっぷりの愛蜜で濡れていた。

「ううっ……に、新山さん」

思わず両手を伸ばして彼女の膝をつかんだ。

腹の底で渦巻いていた欲望が勢いを増している。早くつながりたいのに、彼女はまだペニスを受け入れてくれない。微かに腰を揺らして、女陰を亀頭の先端に擦りつけていた。

「も、もう……」

「名前で呼んでほしいな」

美波が濡れた瞳で懇願してくる。優作も名前で呼びたいと思っていたが、照れくさくてできなかった。

「み、美波ちゃん」

興奮にまかせて呼んでみる。すると、いっそう愛しさがこみあげてきた。

「うれしい……」

心から喜んでいるのだろう。美波は目を細めてつぶやくと、腰をゆっくり落としてきた。

「ああッ、お、大きい……あああッ」

濡れた女陰が押しつけられて、亀頭がヌプリッとはまりこんだ。ペニスの先端が膣《ちつ》のなかに埋まり、濡れた襞《ひだ》がからみついてくる。張りつめた亀頭の表面をヌルヌルと這いまわった。

「ううッ、は、入った」

膣口がカリ首を締めつけて、快楽の波が押し寄せてくる。慌てて奥歯を食い縛り、いきなりふくれあがった射精欲を耐え忍んだ。

(俺は、ついに妻以外の女性と……)

騎乗位で深々とつながっている。妻への裏切りに胸がチクリと痛んだが、激しい興奮がそれを押し流した。

今、自分に起こっている状況が信じられなかった。愛らしい美波が積極的にまたがり、自ら挿入したことにも驚かされた。とはいえ、美波は二十三歳だ。それなりに経験を積んでいたとしてもおかしくなかった。

(美波ちゃん……ああ、美波ちゃん)

心のなかで呼んでみる。

これまでにどんな男と交わってきたのだろう。過去のことが気になるとは、美波に魅了されはじめている証拠だった。

「お、おじさんの……お、大きぎる」

美波がかすれた声でつぶやいた。

そして、亀頭だけを呑みこんだ状態で、膣を太さに慣らすように腰をゆったり回転させる。その結果、膣襞の動きが活発になり、亀頭をしゃぶられているような感覚がひろがった。

「そ、そんなに動いたら……うむッ」

さらに彼女が腰を落としはじめたことで、優作の声は呻き声に変化した。

反り返った肉柱が徐々に埋まり、やがて根元まで女壺《つぼ》に収まった。互いの股間が密着することで、一体感が押し寄せてくる。気持ちが高揚して、蜜壺のなかでペニスがさらに膨張した。

「あンンっ、なかで動いてる」

美波は両手を優作の腹に置き、女体を小刻みに震わせる。顎を少しあげて瞼を閉じる表情は、まるで優作のペニスをじっくり堪能しているかのようだった。

「み、美波ちゃんのなかも……ウ、ウネウネしてるよ」

ずっと膣襞がうねりつづけている。亀頭と肉竿にからみつき、奥へ引きずりこむように波打っていた。

「だ、だって、おじさんのが大きいから……」

恥ずかしげにつぶやき、美波が腰を振りはじめる。ペニスを根元まで呑みこんだ状態で、股間を擦りつけるような前後の動きだ。ストロークこそ小さいが、内腿で腰を挟みこんだままなので密着感が高かった。

「おおッ、す、すごい……」

男根が女壺のなかを動いている。鋭く張り出したカリが膣壁を擦るたび、女体がビクンッと反応した。

「あッ……あッ……」

美波の唇から切れぎれの声が漏れている。

彼女も感じているのは間違いない。結合部分から湿った音が響き、ますます気分が盛りあがった。

「お、おじさん……ど、どうかな、気持ちいい？」

優作の反応が気になるらしい。美波は腰をねちっこく振りながら尋ねてきた。

下腹部をうねらせて、乳房をタプタプ揺らす姿が色っぽい。優作は思わず両手を伸ばすと、下からすくいあげるように双乳を揉みしだいた。

「い、いいよ……すごくいい」

「うれしい……はあンっ」

乳首を摘まみあげると腰の動きが加速する。股間をしゃくりあげるようにして、根元まで埋まったペニスを締めつけた。

（くおおッ、こ、これは……）

蜜壺の収縮が強いのは若いからだろうか。膣口がペニスの根元を食い締めて、無数の膣襞が亀頭と竿を撫でまわしていた。

「み、美波ちゃん……ううウッ、美波ちゃんっ」

快感が増幅するほどに愛おしさがこみあげる。気持ちが昂り、もう黙っていることができない。名前を呼ぶことで、なおさら興奮の波が高くなった。

たっぷりした乳房を揉みまくり、柔肉に指をめりこませる。蕩けるような感触を堪能しては、先端で揺れる乳首を転がした。女体がヒクつき、美波が切なげに喘ぎながら腰の動きを加速させた。

「あンっ……あンっ……お、おじさんっ」

甘えるような声が鼓膜を心地よく振動させる。聴覚からも欲望が煽られて、射精欲がもりもり刺激された。

このままだと、すぐに達してしまう。懸命に耐えながらも、彼女の腰の動きに合わせて股間を突きあげた。

「あああッ、ダ、ダメっ、おじさんは動かないで……」

美波が訴えてくるが、もうじっとしていられない。腰が勝手に動いて、真下から男根をえぐりこませる。深く突くほど、女体は激しく反応した。

「あああッ、そ、そんな……はああッ」

「ま、また締まって……くううッ」

優作が唸れば、彼女の腰の動きも速くなる。リズミカルに股間をしゃくり、太幹を思いきり絞りあげてきた。

「ああッ……ああッ……」

「す、すごい、美波ちゃん、すごいよ」

限界がすぐそこまで迫っている。もう昇りつめることしか考えられない。優作も股間を突きあげて、亀頭を膣の奥まで叩きこんだ。

「あううッ、そ、そんなに強く、あああッ」

美波のよがり声が切羽つまってくる。両手を胸板について前かがみになり、優作の顔を見つめながら一心不乱に腰を振っていた。

「も、もう……ううウッ、もうダメだっ」

今にも達してしまいそうだ。優作が股間を突きあげながら訴えれば、美波もガクガクとうなずいた。

「ああッ、わ、わたしも……あああッ」

美波の感極まった声を聞いた瞬間、ついに絶頂の大波が轟音を響かせながら押し寄せてくる。あっという間に呑みこまれて、頭のなかがまっ白になった。

「おおおッ、で、出るっ、出る出るっ、ぬおおおおおおおおおおおおッ！」

たまらず雄叫《おたけ》びを響かせる。彼女のくびれた腰をつかみ、ペニスを深い場所まで叩きこんだ。凄まじい勢いでザーメンが尿道を駆け抜けて、女壺の最深部に向かって放出した。

「あ、熱いっ、あああああッ、おじさんっ、あぁあああああああああッ！」

美波の背中が弓なりに反り返り、艶めかしいよがり声が響き渡る。男根をこれでもかと締めあげて、女体が感電したように痙攣《けいれん》した。

大量の精液を膣奥に感じながら、美波は深いアクメに昇りつめていった。

半開きになった唇の端から透明な涎《よだれ》が糸を引いて垂れ落ちる。おそらく頭のなかはまっ白になっているだろう。それでも、愉悦を味わいつくすように、腰をねちっこくまわしていた。

ふたりの結合部分から湿った音が響いている。精液と愛蜜が混ざり合い、太幹の陰唇の隙間からトロトロと溢れていた。

「ああっ……」

美波が胸もとに倒れこんでくる。頬を擦りつけて、ハアハアと乱れた呼吸をくり返していた。

優作は仰向けになったまま、もう指一本動かすことができなかった。

全身が快楽で痺れきっている。若い女体の最深部に、思いきり欲望を注ぎこむのは最高の愉悦だった。頭の片隅にある罪悪感すらスパイスとなり、かつて経験したことがないほど興奮した。

「おじさん……」

美波の瞳はぼんやり膜がかかったようになっている。快楽に蕩けきった顔をさらして譫言《うわごと》のようにつぶやいた。

「美波ちゃん……んんっ」

唇を重ねると、彼女はいやがることなく応じてくれる。どちらからともなく舌をからませて、互いの唾液を味わった。

「お、おじさん……はンンっ」

美波は夢中になって優作の舌を吸いあげては、反対に甘い唾液をトロトロと流しこんでくれた。

(ああ、最高だ……)

まだ下半身はつながっている。女壺のなかに男根を埋めこんだまま、ふたりは舌を深く深くからめ合った。

第三章　たかぶりドライブ

1

「じゃあ、いってくるよ」

優作は革靴を履くと振り返って声をかけた。

「うん、いってらっしゃい」

美波がにっこり微笑んでくれる。心がほっこりするような最高の笑顔だった。

こうして見送ってくれる人がいるだけで、まったく気分が違ってくる。今日も一日がんばろうという気力が湧いてくるから不思議だった。

（今日も冷えるな……）

雪が積もったことで、会社までは徒歩で二十分ほどかかる。体の芯まで冷えてしまうが、それでも心は温かかった。

単身赴任がはじまって六日がすぎていた。

つまり美波との同居生活も六日経ったことになる。結局、彼女が最初に提案した愛人契約を受け入れた形になっていた。妻を東京に残して愛人と暮らしているのだ。札幌転勤の辞令がおりたときはあれほど憂鬱だったのに、今ではまったくいやではなくなっていた。

いくら若くて魅力的な女性とはいえ、見ず知らずの相手なので最初はとまどうことが多かった。それでも、いっしょに暮らしているうちに、徐々に生活のリズムが整ってきた。

昼間、美波は仕事を探しつつ、自ら進んで掃除と洗濯をしてくれる。彼女なりに気を使っているのだろう。失敗ばかりだが、それよりも一所懸命やってくれることがうれしかった。

そして、優作が帰宅するころを見計らって夕飯の準備もしてくれる。料理は苦手だったが、スマホで調べて少しずつ上達していた。

それだけではない。毎晩、美波のほうから迫ってきて、なし崩し的にセックスしていた。四十を越えて、こんなに自分が元気なことに我ながら驚いていた。

（昨日の夜もすごかったな……）

雪が積もった歩道を歩きながら、つい顔がにやけてしまう。はっとして表情を引き締めると、慌てて周囲に視線をめぐらせた。

土曜日でも出勤途中のサラリーマンがちらほら歩いているが、他人のことなど誰も気にしていない。みんな白い息を吐きながら、滑りやすい雪道を急いでいた。

優作も慎重に歩を進めるが、やはり頭にあるのは昨夜のことだった。

昨夜も優作は帰宅するなりバスルームに向かった。

徒歩で帰ってくるため、どうしても体が冷えてしまう。晩ご飯を食べる前に、まずは体を温めたかった。

優作が頭からシャワーを浴びていると、いきなりバスルームのドアが開いた。

「えっ……」

驚いて振り返れば、美波が入ってくるところだった。

しかも彼女は髪を結いあげて、裸体に白いバスタオルを巻いただけの姿だ。縁が乳房に食いこんでおり、裾はミニスカートのようになっている。目のやり場に困る格好だった。

「背中、流してあげるね」

「い、いいよ、自分でできるから」

ベッドでは何度も裸を見せているのに、明かりが煌々《こうこう》と灯《とも》るバスルームだと恥ずかしくなる。優作は慌てて壁を向いて断ったが、彼女はまったく聞く耳を持たない。ボディソープを手に取って泡立てると、背中をそっと撫ではじめた。

「な、なにしてるんだよ」

「わたしがきれいにしてあげる」

美波はにこにこしながら、手のひらを這わせてくる。肩胛骨《けんこうこつ》のあたりで円を描いたかと思うと、指先で背筋をスーッと撫であげた。

「くおっ！」

たまらず大きな声が漏れてしまう。ゾクゾクするような感覚がひろがり、とてもではないが黙っていられなかった。

「くすぐったかった？」

「あ、当たり前だろ――ううっ！」

優作が答える側から、再び背筋に指を這わせてくる。ボディソープのぬめりを利用して、指先でやさしく刺激してきた。

「ちょ、ちょっと……」

「じゃあここは？」

美波の手のひらが左右の脇腹に触れてくる。時間をかけてゆっくり撫であがり、腋《わき》の下をヌルリと擦ってきた。さらにそのまま前にまわりこませて、胸板に手のひらあてがった。

「えっ、これって……」

優作は思わず息を呑んだ。

背中になにかが押し当てられている。柔らかい双《ふた》つのふくらみは、乳房に間違いない。美波はいつの間にかバスタオルを取り去り、生の乳房を露出させた状態で抱きついてきたのだ。

「へへっ……こうすると気持ちいいでしょ」

背中にボディソープが付着しているため、双つの乳房がヌルリと滑る。肌のなめらかさと柔らかさが伝わり、一気にテンションがあがってしまう。同時に胸板も撫でまわされて、乳首をやさしく擦られた。

「うっ……ううっ……」

思わぬ状況にとまどいながらも、急速に快感がひろがっていく。垂れさがっていた男根が頭をもたげたかと思うと、あっという間に屹立してしまう。膝が小刻みに震えてまっすぐ立っていられず、バスルームの壁に両手をついた。

「おっぱいで洗ってあげる」

美波は楽しげにささやき、乳房を背中に擦りつけてくる。上下に動いてボディソープを塗りのばしたかと思うと、今度はゆっくり大きく円を描きはじめた。

「おおっ、こ、これは……」

女体を使った大胆な愛撫だ。ヌルリ、ヌルリと滑るのが心地よくて、背中に神経が集中する。すると不意を突くように乳首をやさしく摘まれた。とたんに鮮烈な快感が走り抜けて、反射的に顎が跳ねあがった。

「乳首、硬くなってるね。じゃあ、こっちはどうかな？」

左手で乳首を転がしながら、右手をゆっくり滑りおろしていく。腹を撫でて股間に到達すると、硬くなった茎胴に指を巻きつけてきた。

「ううっ……」

「やっぱり硬くなってる」

美波はうれしそうにつぶやき、泡まみれの指で太幹を擦りはじめる。ゆったりしごかれることで、すぐに先端から我慢汁が溢れてしまう。同時に泡まみれの乳房がヌルヌルと背中を擦ってくる。

「ここもきれいにしてあげるね」

「み、美波ちゃん……くううッ」

ボディソープを使って、ペニスをしごかれるのがたまらない。優作は壁に向かった状態で快楽の呻き声を漏らして、こらえきれずに腰をくねらせていた。

「も、もう……ううッ、もう大丈夫だから……」

「こんなになってるのに大丈夫なの？」

彼女の右手が亀頭に覆いかぶさってくる。そこは大量のカウパー汁でぐっしょり濡れていた。

「ぬううッ……」

自分の漏らした体液で滑り、あらたな快感が沸き起こる。思わず呻くと、美波はますます亀頭を刺激してきた。

「先っぽが気持ちいいのかな？」

美波は左手も股間におろして竿をそっと握ってくる。右手で亀頭を包みこみ、ゆったり撫でまわしてきた。

「くッ……そ、そんなにされたら……」

たまらず呻いて振り返る。すると、泡にまみれた美波の裸体が目に入った。

「我慢できなくなっちゃった？」

優作を誘っているのか、いたずらっぽく尋ねてくる。そしてカランをひねってシャワーを出すと、優作の肩にかけて泡を洗い流した。

「ねえ……欲しくなっちゃった？」

美波は自分の身体も流すと、上目遣いに見つめてくる。先ほどの大胆な愛撫とは裏腹に、恥ずかしげな表情を浮かべていた。そんな顔をされると、ますます欲望がふくれあがった。

「お、俺……」

優作はもう我慢できなかった。

彼女を後ろ向きにすると、湯船の縁に両手をつかせる。腰を九十度に折り、尻を思いきり突き出す格好だ。こうすることで、くすんだ色の尻の穴はもちろん、サーモンピンクの陰唇まで剝き出しになった。

(おおっ……こ、これが美波ちゃんの……)

部屋で抱き合うときは豆球にしていたので、女陰をしっかり確認できずにいた。いつか明るいところで見たいと思っていたが、まさかそれがバスルームになるとは思っていなかった。

二枚の陰唇は形崩れがなく、口をぴったり閉じている。大量の愛蜜でぐっしょり濡れており、微かにチーズのような香りを漂わせていた。

「あンっ、恥ずかしいよ」

美波は甘えた声で抗議するが、それでも姿勢を崩そうとはしない。プリッとした尻を突き出したまま、潤んだ瞳で振り返った。

彼女が欲しているのは間違いない。まだ触れてもいないのに淫裂から新たな華蜜が滲み出している。優作の視線を感じただけで興奮したらしく、尻を右に左にくねらせていた。

「見てるだけなんて……いや」

その言葉が引き金になった。

優作は誘われるまま瑞々しいヒップを抱えこむと、濡れそぼった淫裂に膨張した亀頭を押し当てた。

「ああっ……」

軽く触れただけで、美波の唇から喘ぎ声が溢れ出す。その声に背中を押されて、ついに亀頭を埋めこんだ。

「はあああッ！」

バスルームの壁に淫らな声が反響する。エコーがかかったようになり、ますます気分が盛りあがった。

（まさか風呂場でこんなことに……）

屹立した男根を押しこみながら、優作は特殊な状況に興奮していた。

これまでバスルームでセックスをしたことはない。それどころか、立ったまま背後から挿入するのもはじめてだ。妻とは経験したことのないふたつのプレイで、かつてないほど昂《たかぶ》っていた。

「ぜ、全部、入ったよ」

反り返ったペニスを根元まで埋めこみ、さらに体重を浴びせかける。張りのある尻たぶに股間を密着させることで、より一体感が高まった。

「ああンっ、おじさんのいつもより硬いよ」

美波が甘い声で喘いでくれる。振り返って見つめてくる瞳が、さらなる刺激を求めていた。

「美波ちゃんっ……ふんんっ」

背中に覆いかぶさり、両手で乳房を揉みながら腰を振りはじめる。深々と埋めこんだペニスを出し入れして、濡れそぼった女壺を掻きまわした。

「こ、この格好だと奥まで……あぁッ」

どうやら亀頭が深い場所まで到達しているらしい。美波が甘い声を振りまき、自ら尻を突き出してくる。ペニスを根元まで突きこむたび、女体に小刻みな痙攣が走り抜けた。

「おおッ、し、締まるっ」

「はああッ、す、すごいっ、あああッ」

カリで膣壁を擦りあげると、美波の喘ぎ声が大きくなった。

もう力をセーブする余裕はない。優作は女体に覆いかぶさると、両手をまわしこんで乳房を揉みしだいた。

「ああンっ、そ、そんな……」

「この感触、最高だよ」

何度も揉んでいるが、いまだに感動が薄れることはない。張りのある瑞々しい乳房に指を沈みこませて、ねちっこくこねまわす。全体を満遍《まんべん》なく揉みほぐすと、先端で硬くしこっている乳首を指の股に挟んで刺激した。

「はンンッ、お、おじさんっ」

美波がさらなるピストンをねだるように、腰を艶《なま》めかしくくねらせる。そして、こちらを振り返ると物欲しげな瞳を向けてきた。

「じゃ、じゃあ……いくよ」

くびれた腰をつかみ直すと、腰の動きを加速させる。男根を抜き差しして、カリで膣壁をえぐりまくった。

「ああッ……ああッ……」

股間を打ちつけるたび、若さ弾ける尻たぶが、パンッ、パンッという小気味いい音を響かせた。そこに彼女の淫らな声が重なり、バスルームとは思えない淫靡《いんび》な空気が濃厚になった。

「おおッ、美波ちゃんっ」

自然とピストンにも力がこもる。女壺の奥までペニスを突きこみ、カリで敏感な膣襞を摩擦した。

「あああッ、い、いいっ、すごくいいよっ」

美波の背中がググッと反り返り、膣が猛烈に収縮する。男根を思いきり締めつけて、ついに絶頂への急坂を昇りはじめた。

「お、俺も……おおおおッ」

優作にも限界が近づいている。唸り声をあげて全力で腰を振りまくり、男根を深い場所まで叩きこんだ。

「はあああッ、お、奥っ、いいっ、ああッ、あぁあああああああッ！」

ついに最後の瞬間が訪れる。毛穴という毛穴から汗が噴き出し、女体が激しく痙攣した。白い背中がこれでもかと反り返り、美波の唇からよがり声がほとばしった。

「おおおおッ、す、すごいっ、おおおおおおおおッ！」

ただ獣のように唸ることしかできない。凄まじい快感の大波が押し寄せて、耐える間もなく呑みこまれた。

女壺の最深部でペニスが思いきり跳ねあがる。大量のザーメンを噴きあげて、膣の深い場所に注ぎこんだ。股間をぴったり押し当てた状態で、うねる媚肉の感触に酔いしれた。

バスルームでの立ちバックで達したのだ。

これまで経験したことのない異様な興奮のなか、思いきり欲望を解き放った。自分でも驚くほどの精液を放出して、女体を背後から強く抱きしめた。

（や、やばい……）

　またしても頬が緩んでいることに気づき、慌てて顔の筋肉に力をこめる。それと同時に弛《ゆる》んでいる気持ちに活を入れた。

　単身赴任がはじまって、まだ六日しか経っていない。プライベートが充実しているのはいいが、仕事はきっちりこなさなければ本末転倒だった。

（よし、いくぞ）

　会社の前でいったん立ち止まると、小さく息を吐き出した。

　仕事中は美波のことを考えないと決めている。そうしないと、めりはりがつけられなかった。

　基本的に土日は休みだが、今日は資料のチェックをするため出勤した。平日にはできないデスクワークを土曜日にやるつもりだった。優作は気持ちを引き締めると、会社に足を踏み入れた。

2

　単身赴任で札幌に来て、はじめての休日を迎えた。

　優作ひとりだったら、なにもせずに部屋でゴロゴロしていただろう。だが、今日はレンタカーを借りて、札幌周辺の観光地をめぐるつもりだ。美波と休日を過ごせるのが楽しみで仕方なかった。

美波も浮かれており、昨夜からスマホで遊びに行く場所を調べていた。

あまり話したがらないので詳しいことは知らないが、彼女が札幌に来たのは一年ほど前らしい。ところが、キャバクラでは休みなしで働かされていたため、ほとんど遊ぶ時間がなかったという。

「観光地とか全然知らないんだよね。楽しみだなぁ」

美波は楽しげに出かける準備をしている。そして、髪をセットすると言って洗面所に向かった。

優作はとうに準備ができているので、ベッドに腰かけてテレビを眺めていた。

女性というのは、どうしても準備に時間がかかるものらしい。妻とはよくそのことで喧嘩になった。優作が待ちきれずに「早くしろよ」などと言ってしまうため、出かける前から険悪になるのだ。

でも、今は気長に待つことができる。

妻とのことで経験を積んだというのもあるが、美波とは年が離れているため気持ちに余裕があった。

準備に時間がかかるのは、それだけ今日の外出を楽しみにしていたからだ。女性がおしゃれをして出かけたいと思っているのに急かしてはいけない。こういうとき、男はゆっくり待っていればいいのだ。

（まさか、妻と喧嘩したことが役に立つとはな……）

見るともなしにテレビを眺めながら思わず苦笑が漏れた。

そのとき、スマホの着信音が鳴った。かたわらに置いてあったスマホを確認すると、妻からメールが届いていた。

美波には気づかれたくない。今、彼女は洗面所で髪のセットをしているので、今がチャンスだった。

――今日はお休み？

たったひと言だけだが、そんなメールを送ってくることに驚いた。

――疲れがたまってるから部屋でゴロゴロするよ。

優作は少し悩んでから、そう打ちこんだ。送信ボタンを押すときは、罪悪感で胸の奥がチクリと痛んだ。

（香織、すまない……）

心のなかで謝り、再びテレビに視線を向けた。

「お待たせ。おじさん、どうかな？」

美波が目の前に立ってクルリとまわった。

出会ったときに穿いていた赤いチェックのミニスカートがひらりと舞って、太腿が付け根近くまで露出する。パンティが見えそうで見えない絶妙な丈だ。茶色がかった髪も柔らかく揺れて、甘いシャンプーの香りが漂ってきた。

「うん、すごくかわいいよ」

優作が褒めると、彼女はうれしそうに笑った。

（俺も年を取ったな……）

若い美波を見つめながら、ふと思う。

昔は素直に女性を褒めることができなかった。心のなかでは「かわいい」「きれいだ」と思っても、それを言葉にするのに照れがあった。

どうして、そんなひと言が口にできなかったのだろう。それを言うことができれば女性と仲良くなれて、もっと楽しい青春時代を過ごせたかもしれない。考えてみれば、妻にもそういう言葉をかけた記憶がなかった。

「よし、行こうか」

優作は気持ちを切り替えて声をかけた。

「うん！」

美波は無邪気な笑みを浮かべている。この顔を見せられると、心のもやもやがすべて吹き飛ぶ気がした。

マンションを出ると、近くのレンタカーショップまで歩いて向かった。

事前に予約しておいたので、スムーズに借りることができた。ありふれた白いセダンだが、助手席に美波を乗せれば最高のドライブになるのは間違いなかった。

まずは市内から車で三十分ほどのところにある、羊《ひつじ》ケ丘《おか》展望台を目指して車を走らせた。

まだ十一月なので、国道はそれほど雪が積もっていなかった。日陰は凍結しているが、日の当たる場所はアスファルトが出ていた。あと一カ月もすれば、完全に雪で埋もれて、ツルツルになるというから恐ろしかった。

もちろんスタッドレスタイヤだが、それでもときどき滑ってヒヤリとする。やはり冬道は慎重に運転しなければならなかった。

「札幌でも街中は普通なんだな……」

北海道らしい広大な景色を期待していたが、思っていたよりも普通の街並みがつづいていた。

「札幌でドライブするのなんてはじめて」

横で美波が声を弾ませている。だから、単調な景色がつづいていても楽しかった。

出発してから三十分ほど走っただろうか。国道の前方に、銀色の大きな建物が見えてきた。

「なんだあれ？」

「うんとね……札幌ドームだって！」

美波がカーナビをのぞきこんで声をあげる。札幌にもドームがあることは知っていたが、位置関係がまったくわかっていなかった。巨大な札幌ドームの前を右折して、しばらく進むと羊ヶ丘展望台に到着した。

小高い丘から札幌の街を見渡すことができる。周辺は牧草地になっており、日当たりがいいせいか雪は積もっていなかった。羊が何匹も放されていて、牧草をのんびり食んでいた。

「わあ、なんか北海道っぽいね」

美波がはしゃいだ声をあげている。そんな彼女の横顔が眩《まぶ》しくて、優作は返事もせずにぼんやり見つめていた。

「あっ、あれ、テレビで見たことある」

なにかを指差すと、美波が優作の手を握ってくる。そのまま手を引いて、どんどん歩いていった。

「お、おい、そんなに急がなくてもいいだろ」

口ではそんなことを言いながら、手を握られたのがうれしくてならない。顔がにやけるのを抑えられなかった。

「ほら、これ」

彼女が見つけたのは、「少年よ大志を抱け」の言葉で有名なクラーク博士像だ。観光客が群がっており、交代で写真を撮っていた。

「わたしたちも撮ろうよ。あっ、すみません、写真撮ってもらえますか」

美波はまったく物怖じすることなく、近くにいた観光客に声をかける。そして自分のスマホを渡すと、今度は優作の手を引いて歩きはじめた。

「おじさん、早く早く」

「お、おう……」

「はい、ポーズ取ってね」

美波とならんで銅像の前に立った。

おそらくほとんどの観光客がそうしたように、右手を横に伸ばしたクラーク博士像と同じポーズで写真を撮った。

「ありがとうございます！」

スマホを受け取ると、美波はさっそく写真を確認した。

「きれいに撮れてるよ。ねえ、見て見て」

ふたりとも同じポーズで写っているのがおかしかった。美波は満面の笑みを浮かべており、優作は照れ笑いを浮かべている。思い出に残るいい写真だった。

「送ってあげるね」

その場ですぐ写真を送ってくれる。優作は自分のスマホで確認して、思わずひとりでにやけていた。

楽しい。ひたすら楽しかった。

彼女は遥かに年下だが、周囲からはどう見えているのだろう。十八歳も離れているので、親子と間違われてもおかしくなかった。

(俺はこんなにかわいい子と……)

じつはセックスしまくっている。この愛らしい女性と、もう何度も身体を重ねているのだ。

そのとき、観光客の男性が美波のことを見つめているのに気がついた。

優作と同年輩の男性だ。おそらく美波のかわいさに見惚れているのだろう。そう考えるだけで優越感がこみあげてきた。

「美波ちゃん、行こうか」

優作が声をかけると、美波はいきなり腕をからめてくる。スキップするような足取りで歩きはじめた。

「ふふっ、楽しいね」

「急ぐと危ないぞ」

慌てて注意するが、美波はペースを落とそうとしない。仕方なく優作は早歩きでついていく。だが、そんなことも楽しくて仕方なかった。

再び車に乗り、昼食を食べに行くことにした。

行き先は美波が昨夜のうちに調べておいたラーメン屋だ。行列ができる人気店だが、午後一時をすぎたせいか、それほど待たずに座ることができた。

こってり濃厚な味噌ラーメンがじつに美味だった。麺は太めで、スープは油で膜を張っている。ガツンとくる味がたまらず、最後まで一気に食べてスープもすべて飲みほした。

「ああっ、おいしかった」

車に戻ると、美波が満足げにつぶやいた。

そんな彼女の顔を見たことで、優作も幸せな気持ちになる。美波が喜んでくれることがなによりうれしかった。

（まさか、こんな出会いがあるなんて……）

すべては幻《まぼろし》のような気がしてきた。

東京から遠く離れた札幌で、若い女性と夢のような新生活を送っている。あれほどいやだった単身赴任が、今は楽しくて仕方なかった。

「ようし、美波ちゃんが行きたいところ、どこでも連れていってやる」

優作はハンドルを握ると、美波が希望する場所に車を走らせた。

時計台が意外と街中にあることに驚き、「赤れんが」の愛称で知られている北海道庁旧本庁舎で歴史を感じた。途中、休憩がてら老舗《しにせ》のスイーツ店に立ち寄った。おいしいパフェを食べて、美波は子供のようにはしゃいでいた。

夕方、日が傾きはじめて藻岩山《もいわやま》に向かった。

札幌の夜景が一望できる観光地だという。カップルも多いとのことで、本日のクライマックスに相応《ふさわ》しい場所に思えた。

山の麓《ふもと》でロープウェイに乗り、さらに途中でケーブルカーに乗り継いだ。山頂にたどり着くと、ちょうど日が落ちる時刻で、最高の夜景がひろがっていた。

「あっちに行こうよ」

美波に手を引かれて展望台の柵の前まで歩いていく。

風が冷たいが、それ以上に夜景は素晴らしかった。街の明かりやネオンが、まるで宝石を散りばめたように輝いていた。

騒いでいる観光客がいて耳障りだった。ロマンティックな夜景スポットには必ずこういう連中がいるものだが、今日ほど迷惑に思ったことはなかった。

しかし、美波がうっとりした様子で腕を組んできたので、いつしかふたりの世界に浸ることができた。彼女はダウンコートを着ていたが、それでも肘に触れている乳房の感触がはっきりわかった。

(やっぱりかわいいな……)

優作は夜景より美波の横顔に見惚れていた。

物思いに耽っているのか、瞳がしっとり潤んでいる。街の明かりが映りこみ、キラキラと反射していた。

「おじさん……」

ふいに美波が見つめてくる。

視線が重なるだけで胸が熱くなった。抱きしめたい衝動がこみあげるが、さすがに人が多すぎる。展望台は薄暗いとはいえ、美波に拒絶されたときのことを考えると動けなかった。

すると、美波のほうからすっと身体を寄せてきた。遠慮がちに頰をブルゾンの胸に押し当てて、上目遣いに見あげてくる。しかも口づけをねだるように、睫毛《まつげ》をそっと伏せた。

（い、いいのか？）

逡巡したのは一瞬だけだった。

彼女が求めているのだから、なにもしないのはかえって失礼だ。美波は人目など気にしていない。それ以上に優作のことを求めていた。

「美波ちゃん……」

ダウンコートの上から腰に手をまわして抱き寄せる。顔と顔が近づき、緊張感が高まった。

周囲は観光客だらけだ。これほど大勢の人がいるなかでキスをしたのは、妻との結婚披露宴をのぞいて他にない。しかし、目の前にいるのは妻ではなく、札幌で出会った若い愛人だった。

優作は思いきって唇を重ねた。

柔らかい唇の感触が伝わってくる。とたんに気分が高揚して、愛《いと》おしさがふくれあがった。

周囲の人たちがチラチラとこちらを見ている。視線を感じるからこそ、ますます気持ちが盛りあがっていく。舌を伸ばして唇をなぞってみると、彼女はゆっくりと半開きにしてくれた。

舌を差し入れて、熱い口腔粘膜を舐《な》めまわす。すると、美波は微かに鼻を鳴らしながら舌をからみつかせてきた。

「はンンっ……おじさん」

「み、美波ちゃん」

小声でささやき合うのも興奮する。周囲でひそひそ話す声が聞こえるが、もう他人の目など気にならなくなった。いつしかふたりだけの世界に入りこみ、互いの舌を吸いまくっては唾液を何度も交換した。

いったい、どれくらい唇を重ねていたのだろう。

つづきはマンションに帰ってからだ。そう思って唇をそっと離すと、美波は当然のように腕を組んできた。火照《ほて》った顔で見あげて照れ笑いを浮かべている。確認するまでもなく考えていることは同じだとわかった。

3

ケーブルカーとロープウェイを乗り継ぎ、山の麓までおりてきた。

駐車場に停めたレンタカーに乗りこむと、ふたりきりになったことでさらに気持ちが昂った。抱きしめたいのをこらえて、とにかくアクセルを踏みこんだ。

一刻も早くマンションに帰り、彼女とひとつになりたい。先ほど口づけを交わしたことで、テンションは最高潮に達していた。

「タバコ、吸ってもいいかな」

助手席の美波に声をかけてみる。

普段はほとんど吸わないが、今は逸《はや》る気持ちをなんとかして抑えたかった。タバコを吸ったからといって落ち着くわけではない。だが、運転している間は少しでも気を紛らわせたかった。

「いいよ。お客さん、みんな吸ってたから慣れてるよ」

美波は微笑を浮かべて答えてくれる。キャバクラで働いてたので、タバコはまったく気にならないようだった。

「そのバッグにタバコが入ってるんだ。出してくれないか」

ショルダーバッグを彼女にあずけていた。美波はさっそくファスナーを開けると、なかをのぞきこんだ。

「どこに入ってるの？」

「なかのポケットだったかな」

滅多に吸わないので、確かバッグのなかのポケットに仕舞った気がする。そもそも入っているのか自信がなくなってきた。

「適当に探してみて。どこ開けてもいいから」

運転しながら声をかけると、彼女はなかのポケットを探りはじめる。そして、すぐになにかを取り出した。

「あ……」

美波が小さな声を漏らして黙りこんだ。

「タバコあった？」

助手席をチラリと見やれば、彼女はなにかを手にして固まっている。どうやら、指先で摘まんでいるのは写真のようだった。

「ここに写ってるの誰？」

美波が尋ねてくる。平静を装っているが、なぜか少し声が硬かった。

「写真なんて入れてたかな」

ハンドルを握っているので確認できない。写真が入っていたことなど、すっかり忘れていた。なにかいやな予感がする。赤信号で停車したとき、ようやく美波が差し出してきた写真を見ることができた。

「あ……」

そこに写っているのは妻の香織だった。

グレーのスーツを着ており、セミロングの黒髪が肩にかかっている。昔、スーツを新調したときに撮った気がする。当時三十歳くらいだったのではないか。いかにも仕事ができそうなキャリアウーマンといった感じだった。

「もしかして……奥さん？」

美波が抑揚のない声で尋ねてくる。一応質問する口調だが、ほぼ確信している口ぶりだった。

「ああ……」

優作は動揺を押し隠して、わざと素っ気なく答えた。

「いつも奥さんの写真を持ち歩いてるんだ……」

「いやいや、まさか……どうして写真なんて入ってたんだろうな」

まずいものを見られてしまった。

この話題を長引かせたくない。実際、写真を撮ったことは覚えているが、なぜバッグに入っていたのか記憶になかった。

「きれいな人ですね」

「そうか？」

そこで信号が青に変わり、優作は慎重にアクセルを踏みこんだ。

表情には出さないように気をつけているが、心は激しく揺れていた。もうタバコどころではなかった。

「きれいですよ。かっこいい大人の女性って感じです」

美波はこちらを見ることなく、平坦な声でぼそぼそとつぶやいた。

「いや、別に普通だよ」

そう言いながら彼女の横顔を横目で見やった。

写真をバッグのなかに戻しているが、表情は沈んでいた。先ほどまでの楽しげな様子は消え去り、すっかり暗い顔になってしまった。

（まずいな……）

気を悪くしたのは間違いない。美波はそれきり黙りこみ、頬を微かにふくらませていた。

こういうときの女性の扱いはむずかしい。下手にご機嫌を取ろうとして声をかけると、火に油を注ぐ結果になる。だからといって放っておけば、さらに不機嫌になる可能性が高かった。

しかし、妻の写真を見られたのはかなり気まずかったが、美波のテンションがこれほどさがっているのはなぜだろう。

「なんか……悪かったね」

黙っていられず声をかけた。

とにかく機嫌を直してほしい一心だった。ところが、このひと言がいけなかったらしい。美波は助手席で身体をこちらに向けると、あからさまに頬をふくらませて見つめてきた。

「どうして謝るの？」

「い、いや……あんな写真見せられたら、気分が悪いだろうと思って」

気圧《けお》されながらつぶやくが、そんなことで美波の機嫌が直るはずもない。だが、瞳を見た瞬間、怒っているわけではないとわかった。

「おじさんは結婚してるんだもん。奥さんの写真を持っていたって、おかしくないでしょ。わたしの写真を持っていたらおかしいけど……」

彼女の瞳の奥に宿っているのは怒りではなく悲しみだ。それと抑えられない嫉妬が滲んでいた。

（美波ちゃん……）

むくれている美波がかわいくてたまらない。その嫉妬している姿を見ていると、優作の心のなかで燃えあがるものがあった。そんなとき、ちょうど道路脇に気になる看板が見えて思わずハンドルを切った。そして、建物の駐車場に車を入れると、すぐにエンジンを停止させた。

「どうしたの？」

美波が驚いた様子で尋ねてくる。突然のことに困惑している様子だった。

「写真ならあるよ」

優作はスマホを取り出して操作すると、画面を彼女に見せつけた。そこにはクラーク博士像の前でおどけている美波と優作が写っている。先ほど羊ヶ丘展望台で撮った写真だった。

「かわいく写ってるだろ。俺にとっては一生の思い出だよ」

「おじさん……」

美波がなにか言いたげに見つめてくる。瞳は潤んでいるが、頬には微かな笑みが浮かんでいた。

「降りるよ」

「え、でもここ……」

優作が車のドアをあけると、彼女は小さな声を漏らして逡巡する。それもそのはず、ここはラブホテルの駐車場だった。

4

ショッキングピンクの照明が、キングサイズのダブルベッドを照らしていた。

ラブホテルに入るのなど何年ぶりだろう。最近はずいぶんお洒落になったと聞いたことがあるが、ここは昔ながらの淫靡な作りだった。

だが、今の優作にはこの部屋が合っている。連れこんだ相手は恋人でもなければ妻でもない。十八歳も年下の若い愛人だった。

とてもではないが、マンションに帰るまで我慢できなかった。かわいい美波を抱きたくて抱きたくてたまらない。セックスするためだけに作られた部屋の空気が、ますます牡の欲望を掻き立てた。

「ここで……するの？」

ベッドの前に立った美波がもじもじしている。すでに何度もセックスしているのに、今さらながら恥じらっていた。

「そうだよ」

即座に言葉を返しながら、ふと思った。

考えてみれば、いつも彼女のほうから誘ってきた。

優作はこれまで受け身だったので、いきなり迫られてとまどっているのかもしれない。普段は欲情してもこんな強引なことはしないが、嫉妬する美波を見たら我慢できなかった。

優作は彼女を抱き寄せると、立ったまま唇を奪った。

「あっ……ンンっ」

美波はいっさい抵抗しない。唇を重ねると一瞬目を見開いたが、すぐに睫毛を伏せていった。

いきなり舌を口内に侵入させる。歯茎や頬の裏側を舐めまわすと、美波は遠慮がちに舌を伸ばしてきた。そこをからめとり、さらに唾液ごとジュルジュルとすすりあげにかかった。

「はふっ……あふンっ」

彼女の微かに呻く声が、なおさら欲望に火をつけた。

唇を離すと、女体からダウンコートを脱がしていく。セーターもまくりあげると頭から抜き取った。キャミソールも脱がせば、乳房を覆っている水色のブラジャーが露わになる。カップで寄せられた谷間に、自然と視線が吸い寄せられた。

「ね、ねえ……」

美波が手のひらで谷間を覆い隠してしまう。そして、なにやら不安げな瞳を向けてきた。

「先にシャワー、浴びてきてもいい？」

「そんなのいいよ」

「でも……」

一日中遊んだので、汗や体臭が気になるらしい。とはいっても、寒いので汗などほとんどかいていないだろう。

「もう我慢できないんだ」

優作の欲望はどうしようもないほど高まっている。スカートのファスナーをひきさげると、なかば強引に奪い取った。

「ああっ……」

美波の唇から羞恥の声が溢れ出した。

ブラジャーとおそろいのパンティが恥丘にぴったり貼りついている。妖しいふくらみの肉感はもちろん、中央に走る淫靡な縦溝まで確認できた。

女体を抱き寄せると、背中に両手をまわしこんでブラジャーのホックをはずす。とたんにカップを押しのけて、双つの乳房が勢いよくまろび出た。張りがあるふくらみの頂上には、愛らしい乳首がちょこんと載っていた。

「ま、待って、おじさん……」

「待てないよ。もう、俺……」

ブラジャーを完全に奪い取ると、さらにパンティも強引におろしていく。むっちりした太腿の表面を滑らせて、足を片方ずつ持ちあげて抜き取った。

「そ、そんな……」

これで美波は生まれたままの姿だ。乳房と股間を手のひらで覆い隠し、内股になって恥じらっていた。いつもと違って積極的な優作にとまどい、緊張しているようだった。

「そんなにシャワーを浴びたいのかい？」

優作が問いかけると、彼女は慌てた様子でうなずき、懇願するような瞳を向けてくる。だが、そんな顔をするから牡の欲望はますますふくれあがった。

優作も服を脱ぎ捨てて裸になる。すでに男根は屹立しており、まるで研ぎ澄まされた日本刀のように、ヌラリと妖しげな光を放っていた。

「でも、俺はもうこんなになってるんだ」

勃起したペニスを見せつけると、美波は「ああっ」と小さな声を放った。

「いっしょにシャワーを浴びてから……ね？」

「だから、そんなのいいって」

女体を抱きしめて、そのままベッドに押し倒した。

ショッキングピンクの光が、健康的な肢体を艶めかしく彩っている。双つの乳房は仰向けになっても流れることなく、見事な張りを保っていた。

「あ、汗臭いから……」

「美波ちゃんの身体に臭いところなんてないよ」

優作は片膝を太腿の間にこじ入れると、覆いかぶさった状態で唇を奪っていく。美波は困ったように眉を八の字に歪めて、優作の胸板に両手をあてがった。だが、本気で抗《あらが》うことはなく、口内に入りこんできた舌を受け入れた。

「あふっ……はンンっ」

舌をからめとれば、諦めたように舌を伸ばしてくる。自然とディープキスになり、彼女も優作の舌を吸いあげた。

口づけを交わしたまま、膝で股間を刺激する。軽く押しこむだけで、女体がピクッと反応した。

「そ、そこは……ンンンっ」

なにか言おうとすると舌を強く吸いあげて、乳房をこってり揉みしだく。今夜は自分から責めていきたかった。とにかく欲望にまかせて女体をまさぐった。

柔肉の蕩《とろ》けるような感触を楽しみ、同時に膝で股間を圧迫していると、美波の息遣いが徐々に乱れてきた。さらに乳房の先端で揺れる乳首を摘まんでクニクニと転がせば、唇から小さな声が溢れ出した。

「あっ……あっ……」

強引に迫っていたが、いつものように感じてくれる。だから、なおさら愛撫に熱が入った。

胸もとに顔を寄せると、谷間に鼻先を埋めていく。両手で双乳を揉みしだき、頬で柔肉の感触を堪能した。

「ダ、ダメ、汗臭いから……」

「そんなことないよ。いい匂いだ」

ほんのりと漂う甘い体臭に獣性が煽《あお》られる。乳首にむしゃぶりつくと、唾液を塗りつけるように舌を這いまわらせた。

「ああンっ、ま、待って」

乳首は瞬《また》く間にぷっくりふくらむが、美波は今さらながら抗いはじめる。それでも優作は左右の乳首を交互に舐めまわした。

「ああっ、おじさん、待ってぇっ」

「こんなに硬くなってるよ。感じてるんだろう？」

さらに彼女の両手首をつかむと、頭上に伸ばして押さえつける。バンザイをする格好になり、腋の下が剝き出しになった。無駄毛の処理が完璧にされたツルリとした腋《えき》窩《か》は、神々《こうごう》しいまでに輝いていた。

「なんてきれいなんだ……」

吸い寄せられるように顔を寄せていく。微かに漂ってくる汗の匂いを吸いこみ、欲望に火がついた。

「な、なにするの——あああッ！」

腋の下にむしゃぶりつき、舌を伸ばして舐めまわす。頭のなかが熱く燃えあがり、かつてないほど興奮していた。

若い愛人の腋窩を執拗にしゃぶりつづける。女体が跳ねるように反応するのがうれしくて、ますます気持ちが昂った。

「ああッ、こ、こんなこと……奥さんにもしてたの？」

美波が身をよじりながら尋ねてきた。

まだ写真のことを気にしているのだろうか。見あげてくる瞳には、先ほどと同じ嫉妬の色が浮かんでいるように思えた。

「妻にはしたことないよ」

腋の下にキスしながら正直に答えるが、彼女は納得していないようだった。

「ウソ……したことあるでしょ。あと、シャワーも浴びずに抱いたりしてたんでしょ」

「したことないよ。妻は淡泊だからね。あまりこういうことは……」

近年はセックスレス状態だったが、もともと香織はセックスにそれほど熱心ではなかった。変わったプレイなどできるはずもなく、体位も正常位だけだった。

「こんなことするのは美波ちゃんだけだよ」

優作は静かに語りかけると、再び腋の下を舐めまわした。

「あンっ、わ、わたしだけ……本当にわたしだけなの？」

「ああ、誓って本当だ」

「そうなの……ああンっ」

美波の身悶えが大きくなった。

腋の下から硬く充血している乳首に唇を滑らせれば、女体はヒクヒクとおもしろいほど反応した。

自分だけが特別だと思いたいのかもしれない。きっと美波は孤独なのだろう。そんな彼女が愛おしくてならなかった。もっともっと感じさせたい。自分の手で快楽に溺れさせたかった。

「かわいいよ……美波ちゃんっ」

彼女の名前を呼びながら双つの乳首を舐めまわし、指で摘まんではクニクニと執拗に転がした。

「あっ……あっ……おじさん……」

美波は愛撫に応じて甘い声をあげてくれる。それがかわいくて、優作は唇を下半身へと滑らせていく。乳首から腹に移り、臍の穴に舌先を入れてみた。

「ああンっ、そこはくすぐったいよ」

女体の悶え方が大きくなり、平らな下腹部が波打った。優作はさらに下へと移動すると、陰毛がそよぐ恥丘に頬を押し当てた。

陰毛は一本いっぽんが細いため、さらさらとした極上の触り心地だ。しかもわずかしか生えていないので、白い地肌が透けているのも淫らだった。思わず陰毛の上から舐めまわして、そのまま舌先を股間へと滑りこませた。

「ああっ、いやっ、シャワー浴びてないから……」

美波は喘ぎながらつぶやくが、本気で抵抗することはない。膝をつかんでM字形に押し開いても、されるがままになっていた。

「おおっ！」

ついに陰唇が露わになり、優作は思わず目を見開いて唸った。

彼女の脚の間に這いつくばって、股間をのぞきこむ格好だ。内腿が透きとおるように白いので、女陰のサーモンピンクが強調されている。しかも愛撫で昂っていたらしく、大量の愛蜜でねっとり濡れ光っていた。

「は……恥ずかしいよ」

美波が両手で股間を覆い隠してしまう。だが、そんな仕草が牡の欲望をますます煽り立てた。

無理に手を引き剝がす必要はない。まずは膝の内側に唇を押し当てると、さっそく股間に向かって滑らせた。唇で柔らかい内腿をなぞりながら、同時に舌を伸ばしてじっくり舐めまわしにかかった。

「あっ……ああっ……」

唇と舌が股間に近づくにつれて、内腿が小刻みに震えはじめる。彼女が感じているのは間違いないが、まだ股間から手を離そうとしなかった。

「美波ちゃん……いいだろ？」

もう唇は内腿のつけ根に到達している。彼女が手をどければ、すぐに女陰を舐めまわせる位置だった。

「で、でも……汚いから」

どうしてもシャワーを浴びていないのが気になるらしい。だが、優作の欲望も限界まで高まっている。一歩も引きさがるつもりはない。

「あっ、ダ、ダメ……ああっ」

内腿のつけ根についばむようなキスの雨を降らせていく。肝心な部分は手で隠されているが、そのすぐ脇を舌先で舐めまわした。

「美波ちゃんは汚くなんてないよ」

声をかけながら愛撫をつづける。すると彼女も我慢できなくなってきたのか、股間を覆っていた手を徐々にずらしはじめた。だから優作の唇と舌も、少しずつ核心部分に近づいていった。

「そ、そんな……」

口ではそう言っているが、身体は刺激を求めているのだろう。やがて自ら手をどけると、濡れそぼった女陰を露出させた。

「もうグショグショじゃないか」

「は、恥ずかしい……」

興奮した優作の声に美波の羞恥の声が重なった。

二枚の陰唇は大量の愛蜜にまみれており、ショッキングピンクの照明をヌラヌラと反射している。溢れた果汁が蟻《あり》の門渡《とわた》りを流れ落ちて、その下にある禁断のすぼまりまで濡らしていた。

「も、もうっ……」

理性が吹き飛び、本能のままにむしゃぶりつく。唇を押し当てた瞬間、湿った音が部屋中に響き渡った。

「あああッ、お、おじさんっ」

美波が両手を伸ばして優作の頭を抱えこんでくる。そして強く引き寄せると、自ら股間を突きあげた。

「うむむッ」

陰唇が押しつけられて、鼻も口もふさがれてしまう。一瞬息がつまるが、なんとかずらして鼻の呼吸を確保した。

濡れそぼった陰唇は溶けてしまいそうなほど柔らかい。チーズのような香りが濃厚に漂っているのは、それだけ彼女が興奮しているということだろう。さっそく舌を伸ばして割れ目をそっと舐めあげた。

「はああッ、そ、それ、ダメぇっ」

口ではダメと言いながら、優作の頭をしっかり抱えこんでいる。さらには内腿でも頬を挟みこみ、股間をグッと迫《せ》りあげた。

「こんなに濡らして……うううッ」

淫裂を舐めあげるたび、隙間から新たな華蜜が溢れ出す。すかさず唇を密着させると猛烈に吸引した。

「そ、そんなに吸ったら……はああッ」

美波の感度はアップしている。ひとつひとつの愛撫に確実に反応して、愛蜜の分泌量がどんどん増えていた。

(うまい……なんてうまいんだ)

もはや全身の血液が沸騰したように昂っている。異様な興奮のなか、優作は陰唇を一枚ずつ口に含んでクチュクチュとしゃぶりまわした。

「ああッ……あああッ」

美波の甘い声がラブホテルの一室にほとばしる。

「すごい反応だね。こっちも感じるのかな?」

優作は舌を蟻の門渡りに移して、際どい箇所を舐めまわした。舌先が触れるか触れないかの微妙なタッチで、時間をかけてチロチロとくすぐりつづける。すると美波は焦れたように腰をよじりはじめた。

「そ、そこ、ああッ、そこは……」

「じゃあ、こっちは?」

優作は舌先をさらに下降させて、ついには尻穴に到達させる。くすんだ色の器官は遠慮がちにキュウッとすぼまっていた。

「ひッ、そ、そんなところ、ひいッ、ダ、ダメぇっ」

美波の唇から裏返った嬌声《きょうせい》がほとばしる。これまでにないほど激しく反応して、女体が思いきり悶えはじめた。

「き、汚いからっ、あああッ」

羞恥と嫌悪を露わにするが、訴えてくる声には快感が入りまじっている。力が入っている脚を押さえつけると、彼女は腰を右に左によじらせた。

「そんなに汚いなら、俺がきれいにしてやるよ」

優作は肛門にむしゃぶりつき、本格的に舌を這いまわらせる。放射状にひろがる皺を舌先で一本いっぽんなぞって唾液を塗りつけると、すぼまりの中心部を小突きまわした。

「も、もうっ、あああッ、そこはダメっ、はあああッ」

悲鳴にも似た声が響き渡る。マンションでこれほど大きな声をあげたら隣近所に聞こえてしまうだろう。優作は唇をぴったり密着させると、思いきり肛門を吸いあげてねぶりまわした。

「あぁッ、あぁあッ！」

美波はもう喘ぐだけになる。抗う言葉を発することもなく、両手で優作の頭を抱えこんで悶えていた。

（ようし、そろそろ……）

欲望は限界まで高まっている。ペニスは大きく反り返り、先端から大量の我慢汁が溢れていた。

優作は顔をあげると、汗ばんだ女体に覆いかぶさった。

ねちっこい愛撫で、美波はハアハアと胸を喘がせている。天井に向けられた瞳はぼんやりして、なにも見ていなかった。

「美波ちゃん、いくよ」

正常位の体勢で重なり、張りつめた亀頭を濡れそぼった女陰に押し当てた。

「はンっ……」

女体がピクッと反応する。そのまま腰を押し出すと、蕩けきった蜜壺はいとも簡単に亀頭を受け入れた。

「あぁッ……お、おじさんっ」

美波が我に返った様子で見つめてくる。唇が半開きになっており、ピンクの舌先がのぞいていた。

「なかもトロトロになってるね……ふんんっ」

さらにペニスを送りこみ、一気に根元まで挿入する。亀頭が膣の奥に到達して、女壺全体が条件反射のように収縮した。

「はああッ、お、大きいっ」

もう何度も交わっているのに、今日の美波の反応はとくに激しかった。

デートのあとでテンションがあがっているのか、ラブホテルという淫靡な空間が影響しているのか、それとも尻穴への愛撫で興奮したのか。とにかく、愛蜜が大量に溢れて、膣が猛烈に締まっていることは確かだった。

「今日はすごく濡れてるよ」

声をかけながら腰を振りはじめた。

じわじわペニスを引き出すと、即座に膣襞がからみついてくる。それを振りきるように後退させて、亀頭が抜け落ちる寸前でいったん静止した。

そして、そこから再び根元まで埋めこんでいく。亀頭で媚肉を掻きわけて、カリで膣壁を擦っていくのがたまらない。女壺全体が波打ち、無数の膣襞がざわついて肉棒の表面を這いまわった。

「ああッ、なかが擦れちゃう……あああッ」

男根が蕩けるような快感がひろがり、頭のなかが熱く燃えあがる。視界が赤く染まるほど興奮して、もう力をセーブすることができない。意志とは関係なく腰の振り方がどんどん速くなった。

「あッ……あッ……おじさん、いつもより激しいよ」

「美波ちゃんがかわいいからだよ。だから、つい……おおおッ」

優作は唸りながら抽送《ちゅうそう》のペースをあげていく。屹立した男根を出し入れして、亀頭を奥の奥まで叩きこんだ。

「ああッ、い、いいっ、あああッ」

美波も手放しで喘ぎはじめる。優作の首に手を伸ばしてくるので、上半身を伏せて胸板と乳房を密着させた。

「み、美波ちゃんっ」

「おじさん、うれしいっ」

互いの汗が溶け合うことで一体感が高まっていく。しっかり抱き合った状態で、さらに腰の動きを加速させた。

「ああッ、気持ちいいっ」

「おおおッ、俺も、す、すごくいいよっ」

互いの耳もとで感じていることを伝えると、ますます気分が盛りあがる。優作は全力で腰を振り、美波もリズムを合わせて股間をしゃくりあげた。

「ああッ、も、もっと、ちょうだい、あああッ」

「おおおッ、も、もうっ」

腹の底で快感が急激に膨張している。もう昇りつめることしか考えられない。優作はとにかくペニスを出し入れして、蕩けた膣壁をカリでえぐりまわした。

「はああッ、い、いいっ、もうイッちゃいそうっ」

美波が歓喜の涙さえ流しながら訴えてくる。両脚も優作の腰にからみつかせて、全身でしがみついてきた。

「お、俺も……おおおッ、ぬおおおッ」

いよいよラストスパートの抽送に突入する。子宮口を突き破る勢いで、体重を浴びせかけて力強くピストンした。

「お、おじさんっ、すごいっ、すごいよっ、もうダメっ、あああッ」

男根を突っこむたびに、美波の身体が痙攣する。優作にしがみついたまま彼女も股間をしゃくりあげて、大量の華蜜を垂れ流しながら、いよいよ絶頂への階段を駆けあがっていく。

「あああッ、いいっ、気持ちいいっ、あああッ、イクッ、イクううッ！」

美波の艶めかしい嬌声が響き渡る。腰を激しくうねらせて、優作の背中に爪を立ててきた。女壺が猛烈に締まり、ペニスが思いきり絞りあげられた。

「くおッ、で、出るっ、出る出るっ、ぬおおおおおおおおおおおおおッ！」

彼女の絶頂に引きずられて、優作も快楽の大波に呑みこまれる。女壺の奥深くでペニスが跳ねあがり、凄まじい勢いでザーメンが噴き出した。

蠢《うごめ》く膣襞が太幹の表面を這いまわる。膣口が根元を締めつけて、まるでペニスを咀《そ》嚼《しゃく》するように全体が波打った。奥へ引きこむような動きが、結果として射精の勢いを加速させた。

優作の呻き声が、美波の喘ぎ声に重なった。

これまでとは明らかに異なる凄まじい絶頂の嵐が吹き荒れる。抱き合っていないと吹き飛ばされてしまいそうだ。ふたりは互いの身体にしがみつき、同時に快楽の頂上へと駆けあがった。

美波が下から唇を重ねてくる。優作も応じると、すぐに舌がねっとりと入りこんできた。

男根はまだ女壺に深く埋まっている。ふたりは無言で舌を深くからませると、互いの唾液を貪り飲んだ。

第四章　わけありの人妻

1

美波と暮らすようになって三週間が経っていた。

単身赴任の初日から、ずっと美波といっしょに生活している。

優作はすっかり美波にはまっていた。

若くて健康的な肉体はもちろん、健気なところにも惹かれている。奔放な性格なのは間違いないが、真面目で努力家の面もあった。苦手だった料理も勉強して、かなり上達している。今では家事全般を彼女にまかせていた。

今朝もコーヒーのいい香りが漂ってきて目が覚めたところだ。

キッチンから料理をする音が聞こえてくる。まな板で食材を切ったり、炒めものをしたり、食器同士が軽く触れ合ったり、すべてが朝の心地よい音色となって静かに響いていた。

（もう少し寝るか……）

優作はベッドに横たわったまま瞼を閉じた。

朝の音を聞きながらうとうとするのが好きだった。美波が朝食を作っている。そう思うだけで幸せな気持ちに包まれた。

東京で妻と暮らしていたときは、朝食を摂《と》らないことも多かった。ふたりとも働いていたため、自分が食べるものは自分で用意することにしていた。だが、本音を言えば妻に作ってもらいたかった。

妻はなにかしら食べていたようだ。しかし、優作は睡眠時間を優先して、ほとんどコーヒーだけだった。

「おじさん、起きて」

穏やかな声が耳に流れこみ、鼓膜をやさしく振動させる。その直後、頬に柔らかいものが触れてきた。

「ん……」

目を開けると、美波の顔がすぐそこにあった。

朝はいつも頬にキスをされて目が覚める。これがうれしくて二度寝をする習慣がついてしまった。毎朝、美波が朝食の準備を終えてから起こしてくれるので、目覚まし時計は一度も使っていなかった。

美波はできるだけ優作の睡眠を妨げないように、目覚まし時計が鳴る前に起きていた。気を張っていると自然と目が覚めるという。そうやって気を使ってくれることがうれしかった。

「おはよう、朝だよ」

かわいい愛人が笑顔でやさしく起こしてくれる。だから、優作も釣られて笑顔になった。

「うん、おはよう」

朝から自然に笑みがこぼれるとは、なんという贅沢だろうか。

札幌に単身赴任をして、こんな生活ができるとは思いもしなかった。毎朝、目覚めるたびに幸せを実感していた。

優作がベッドから身を起こすと、美波がもう一度頬にキスしてくれる。そして、朝食の支度をするため軽い足取りでキッチンに戻っていった。

今朝の美波は丈の長いTシャツを着て、その上に胸当てのある淡いピンクのエプロンをつけている。Tシャツの裾がヒラヒラ揺れて、今にもパンティが見えそうで見えなかった。

顔を洗ってから食卓に向かうと、すでに朝食の準備が整っていた。

目玉焼きにベーコン、ミニトマトがたくさん入っているサラダ、バターをたっぷり塗ったトースト、それに先ほどからいい香りを漂わせているコーヒー。まさに優作が思い描く理想の朝食だった。

「今日もうまそうだね」

優作が席につくと、美波も向かいの席に腰をおろした。

「いつもと同じだよ」

「これが最高なんだよ。いただきます」

トーストはキツネ色で目玉焼きは優作好みの半熟だ。ベーコンはカリカリに焼かれており、なにを食べても美味だった。

「うまい、やっぱりうまいよ」

「おおげさだなぁ……ふふっ」

美波も楽しげに目を細めて、いっしょに朝食を摂っていた。

ふたりで食事をするたび、ささやかな幸せを実感する。こうして彼女の顔を見ているだけでも、心がほっこりと温かくなった。

「なににやにやしてるの？」

ふいに美波が尋ねてくる。優作の顔をのぞきこんで、不思議そうに小首をかしげていた。

「いや、別に……」

「気になるじゃん」

「うん、なんか……なんかさ……」

照れくさくて一瞬ごまかそうと思った。だが、やはりはっきり伝えておいたほうがいいと思い直した。美波との暮らしは優作にとって特別だ。そのことを彼女にもわかってもらいたかった。

「幸せだなと思ってさ。美波ちゃんのいる暮らしがすごく楽しいんだ」

あらたまって口にすると恥ずかしくなってしまう。顔がカッと熱くなり、赤くなっていることを自覚した。

「わたしも……幸せだよ」

美波の顔もまっ赤になっている。視線が重なると、思わずふたりして照れ笑いを浮かべた。

「もう、恥ずかしいよ」

怒った振りをしてごまかす美波がかわいくて仕方ない。優作はコーヒーを飲みながら、彼女の顔をまじまじと見つめていた。

「早く食べないと遅刻しちゃうよ」

「おっ、もうこんな時間か。そうそう、週末はどこに行こうか」

立ちあがって出かける準備をしながら話しかける。週末くらいはゆっくりデートを楽しみたかった。

「おじさんといっしょなら、どこでも楽しいよ」

うれしいことを言ってくれる。優作も彼女といっしょなら、なにをしていても楽しかった。

「じゃあ、考えておくよ」

立ちあがって出勤の準備をしながら、さっそく考えをめぐらせる。

たまにはホテルのレストランにでも行ってみようか。またレンタカーを借りて遠出をするのもいいだろう。思いきって泊まりがけで温泉に行ったら盛りあがるかもしれない。夢はどこまでもひろがる一方だった。

スーツを着て玄関に向かうと、いつもどおり美波が見送りに来てくれた。

「お仕事がんばってね」

「うん。美波ちゃん、たまにはゆっくり休みなよ。家事なんてやらなくたっていいんだよ、家政婦さんじゃないんだから」

優作が仕事をしている間、美波は掃除、洗濯、そして夕飯の支度を完璧にこなしている。そこまできっちりやる必要はないと思うが、なにもしないのは気が引けるようだった。

以前は仕事を探していたが、この生活をつづけるうちに棚上げになっていた。もちろん、優作のほうもキャバクラなどで働くのはやめてほしかったし、家にいてくれるほうがよかった。

「おじさんはいつもやさしいね。ありがと」

美波はそう言って笑うが、きっと今日も家事をしっかりやるのだろう。適当なことができない真面目な性格だった。

「いってらっしゃい」

首に抱きついてきたかと思うとキスをしてくれる。唇の表面が軽く触れるだけの口づけだ。これが毎朝の習慣になっていた。

「行ってくるよ。帰りはいつもどおりだと思う。なんかあったらメールするから」

「うん、わかった。気をつけてね」

若い愛人に見送られて、優作はマンションをあとにした。この暮らしが永遠につづくことを願わずにはいられなかった。

そんなふうに思いながら会社に向かって歩き出した。そして、ふと空を見あげると、

（今日はやけに暗いな……）

空はどんより曇っていた。今のところ雪は降っていないが、天気が崩れるのかもしれなかった。

2

午後は社用車を使って外まわりをした。

大手の得意先をいくつか訪問して、最後は丸亀文具店に向かった。

すでに何度か訪れており、先日はようやく社長にも会うことができた。頭が禿《は》げあがった恰幅のいい男性だった。にこやかで人当たりがよく、割引条件を見直すかもしれないことを話しても冷静に聞いてくれた。

車を停めて店に向かうと、ちょうど仕入れ担当者の鈴村友里が棚に陳列されている

商品を直していた。筆記用具やノートやファイル、小型のシュレッダーなども置いてある。だが、学校や企業への納入がメインで、店舗の売上はわずかだった。

「こんにちは」

優作が声をかけると、友里は驚いた様子で肩をすくめた。

「あっ……こ、こんにちは」

慌てて頭をさげるが、頬の筋肉がこわばっている。優作の顔を見た瞬間、緊張するのがわかった。

この日の友里は焦げ茶のフレアスカートに白いブラウスを着ている。相変わらず地味な服装だが、胸もとは大きくふくらんでいた。つい三十二歳の成熟した女体を想像して、慌てて気持ちを引き締めなければならなかった。

「社長さんはいらっしゃらないのですよね」

おそらく配達中だと思われるが一応尋ねてみる。すると、やはり友里は申しわけなさそうに腰を折った。

「すみません、社長は配達に出ておりまして、何時に戻ってくるか……」

「いえいえ、お気になさらないでください。こちらこそ、連絡もなしに突然訪ねてきてすみませんでした」

優作も頭をさげると、友里が遠慮がちな瞳を向けてきた。

「今日は、どのようなご用件でしょうか」

言葉の端々に警戒が見え隠れしている。なにしろ、はじめて会ったときに、いきなり割引条件を見直す話をしたのだ。きっと優作の印象は最悪だろう。

「じつは割引条件の件でおうかがいしました」

そう切り出した瞬間、友里の顔色が変わった。

割引がなくなって卸値が通常価格になるのは、小売店にとっては死活問題だ。彼女の態度が硬化するのは当然のことだった。

「そのことでしたら、社長に直接――」

「いえ、決して悪いお話ではございません」

優作は慌てて言葉を継ぎ足した。

そもそも割引条件の見直しを言い出したのは優作だ。その張本人がやって来たのだから、ついに決定したと思ったに違いない。友里は社長の息子と結婚している。万が一、この店が潰れたら彼女の生活も脅かされることになるのだ。

「社長さんにはあらためてご報告させていただきますが、割引条件は従来のものが継続されることになりました」

「え……」

友里は呆気に取られたような顔をしている。

同じ条件で取引をつづけることはもう無理だと諦めていたのではないか。それだけ優作の放った言葉は重かったということだ。

丸亀文具店については、慎重に検討を重ねてきた。

店頭での売上は確かに落ちているが、赤字だった支店をすべて畳んだり、配達に力を入れたりと、地道な企業努力を重ねている。なにより、昔から地元の学校に商品を納入していた。直近の売上は少ないが、春先の売上が大きいのはそのためだ。そこである程度の数字を確保できるのが強みだった。

「ご心配をおかけして、申しわけございませんでした」

優作は姿勢を正して深々と頭をさげた。

今日ここに来たのは割引条件継続の報告もあるが、謝罪が一番の目的だった。自分の勝手な判断で、不安にさせてしまったのだ。店の存続にかかわることを軽々しく口にするべきではなかったと反省していた。

これが東京の取引相手なら、確かに割引条件は適用されていないだろう。だが、ここは札幌だ。地方には地方の基準がある。なにも知らないのに、つい出しゃばった真似をしてしまった。

「本当にすみませんでした」

「よ、吉川さん……」

「お気を悪くされたと思います。今度、あらためて社長さんにも謝罪させてください。配達のお仕事があるのでご多忙だと思います。お時間が空いたときにご連絡いただければ、すぐにおうかがいいたします」

もう一度、腰を折って頭をさげた。

「そんな……誰も気を悪くなんてしていませんよ」

「今回の件はわたし個人のミスです。お恥ずかしい話ですが、東京から転勤してきたばかりで気負っていました。どうお詫びしたらいいのか……すみませんでした」

とにかく誠心誠意謝るしかなかった。

以前までの自分なら仕方のないことだと割りきっていただろう。ここまでの謝罪はしなかったに違いない。リスク回避を優先した結果だと、ミスをした自分を納得させていたはずだ。

美波と暮らすようになって、心に余裕が生まれた気がする。やさしく気遣ってもらうことで、優作も人を思いやれるようになっていた。

「吉川さんも、お仕事だってわかっています。お願いですから、どうかお顔をあげてください」

友里のうろたえた声が聞こえてくる。困らせてはいけないと思い、優作はゆっくり顔をあげた。

「お気持ち、しっかり伝わってきました。ありがとうございます」

逆に頭をさげられて、優作のほうが困惑してしまう。気を悪くしていたはずなのに、彼女の心の広さに救われた気がした。

「吉川さんのお人柄がよくわかりました。本当に誠実な方なのですね」

友里はやさしげな瞳で見つめてくる。そう語りかけてくる彼女のほうこそ、誠実な女性だと思った。

「鈴村さん……お気遣い、ありがとうございます」

優作が肩から力を抜いて礼を言うと、彼女も表情をほんの少しゆるめた。

「でも、ほっとしました。社長はなんとかなると言ってましたけど、割引がなくなって卸値があがったら、厳しくなるなと思っていたんです」

いつになく明るい表情が、彼女の気苦労を物語っているようだった。優作はそこでもう一度、丁重に頭をさげた。

「社長にはわたしからも伝えておきますが、時間が空いたときは連絡しますね」

「はい、よろしくお願いします。では、失礼いたします」

懸念事項だった謝罪が無事にすんだ。優作は安堵して彼女に背中を向けた。

「あの……」

そのとき、背後から声が聞こえた。

振り返ると、なぜか友里は不安げな表情を浮かべている。先ほどとは雰囲気が変わっていた。

「どうかされましたか？」

「じつは……相談に乗っていただきたいことがあるんです」

何やらずいぶん言いにくそうだ。

「個人的なことなんですけど……お仕事が終わってから、少しお時間いただけないでしょうか」

友里が小声でぼそぼそとつぶやいた。

「……え？」

一瞬、意味がわからなかった。てっきり取引のことだと思っていたので、ほっとすると同時に拍子抜けした。

「個人的なこと……ですか」

「はい……家族には相談できなくて……」

なにやら歯切れが悪かった。うつむき加減で悲しげな顔になっている。そんな陰のある表情が、はっとするほど艶めかしかった。

「でも、吉川さんなら誠実そうだし……」

出会って間もない優作に頼んでくるとは、きっとよほどのことに違いない。家族経営の職場なので、他に話せる相手がいないのだろう。

「わかりました。わたしでよろしければ」

優作はふたつ返事で了承した。

割引条件のことで迷惑をかけたというのもあるが、真剣な友里の表情が気になっていた。

「吉川さん、単身赴任ですよね」

「ええ、だからいつでも大丈夫ですよ」

話の流れで、ついそう答えてしまう。その直後、美波の顔が脳裏に浮かび、胸の奥がチクリと痛んだ。

「では、今夜はいかがでしょうか?」

「今夜……」

またしても美波のことを考える。今朝、出かけるとき、帰りはいつもどおりになると言ってしまった。

「やっぱり急には無理ですよね……ごめんなさい」

友里が顔をうつむかせる。セミロングの黒髪がはらりと頬に垂れかかり、潤んだ瞳が淋しげに揺れた。

「大丈夫です。今夜にしましょう」

優作が声をかけると、彼女の表情に安堵の色が浮かんだ。

「よかった……」

よほど追いつめられているのかもしれない。これほど困っている女性を放っておくことはできなかった。

美波には悪いと思うが、いつかは相談に乗らなければならないだろう。それならば、少しでも早いほうがよかった。

待ち合わせ時間と場所を決めると、丸亀文具店をあとにした。

優作は社用車に戻って運転席に座るなり、スマホを取り出して美波に宛てたメールを打った。

――取引先の人と食事をすることになった。遅くなるかもしれないから、先に寝てくれるかな。

打ちこんだ文面を読み返す。嘘は書いていないが、相手が女性ということは伏せておいた。

送信ボタンを押すときは胸が苦しくなった。

別にこそこそする必要はない。実際のところ、今夜だって友里の相談に乗るだけなのだ。それなのに、どういうわけか後ろめたくて仕方なかった。

すぐにメールの着信音が響いた。美波からの返信だった。

――わかったよ。お酒も飲むんでしょ。飲みすぎには気をつけてね。

体調を気遣う言葉を目にして気持ちが揺らいだ。

やはり早く帰ったほうがいいだろうか。でも、今日は断ったとしても、いつか行くのなら同じだった。

3

友里が選んだ店は、大通公園の近くにある居酒屋だった。

個室席なので他の客と顔を合わせずにすむ。人に聞かれたくない話をするのに最適な店だった。

羅臼《らうす》産の肉厚のホッケや、東京では見たことのない大粒のホタテ貝のバター醤油焼き、それに鳥肉を醤油ベースのタレに漬けこんでから揚げるザンギなどを頼み、とりあえず生ビールで乾杯した。

友里は緊張しているようで口数が少なかった。優作も構えていたため、どう接していいのかわからずとまどっていた。こんな状態では本題に入れないと思い、まずは雑談で緊張をほぐすことにした。

転勤してきた者としては、やはり雪の話題は外せない。覚悟していたつもりだったが実際に体験して驚いた。街中でも吹雪になると前が見えないほどだし、道路や歩道に積もった雪がカチカチに凍っているのは衝撃だった。

そんな話をしながら飲み食いして、中ジョッキをお代わりしたあたりから、だいぶ緊張がほぐれてきた。

「単身赴任は大変じゃないですか？」

何気ない口調で友里が尋ねてくる。おそらく深い意味はないだろう。雑談の延長だと思うが、優作は一瞬返答に窮してしまった。

「え、ええ……」

動揺をごまかそうとしてビールをグビリッと飲んだ。

普通なら「慣れない家事で大変なんですよ」などと答えるところだろう。ところが、優作には美波がいる。若い愛人が家事全般をこなしてくれるので、じつに快適な暮らしを送っていた。しかし、そんなことを言えるはずもなかった。

「やっぱり大変なんですね」

友里はぽつりとつぶやいた。

優作が言葉につまったことで、なにか勘違いしたようだ。よほど苦しんでいると思ったらしく、気の毒そうな瞳を向けてきた。

「今までは奥さまがいろいろなさっていたことを、ご自分でしなければならないんですものね」

「ま、まあ……でも、なんとか……」

相づちを打つのも違う気がして、言葉を濁すことしかできなかった。

妻は仕事を持っているため、家事は分担していた。だから、ある程度は優作もできるのだが、それを口にする流れではなかった。

「でも、こういうときに奥さまのありがたみがわかるんじゃないですか?」

友里が語りかけてくるが、優作はなにも言えなくなってしまう。

昔から嘘が苦手だった。口を開くとボロが出てしまいそうなので、ただうつむいて黙りこんだ。

「ごめんなさい……おつらいですよね」

優作が口を閉ざしたことで、友里はますます勘違いをしたようだ。ひとりで納得した様子で大きくうなずいた。

「吉川さんはご結婚して何年になるのですか？」

「九年です」

自分は四十一歳だということ、妻の香織は三十七歳だということもつけ加える。

あらためて考えると、もう九年も経ったのかとしみじみ思う。しかし、無駄に年数がすぎただけのような気もした。

「うちは結婚して十年なんです」

夫は優作と同い年の四十一歳だという。そして、友里は三十二歳だ。なんとなく自分たちと似たような感じの夫婦だった。

「十年ってなんだったのかなって、最近思うんです」

友里はまるで独りごとのようにつぶやいた。

声のトーンが少し低くなっている。なにやら顔つきも変わり、深刻な雰囲気が漂いはじめた。

(もしかして、相談っていうのは……)

おそらく夫婦のことなのだろう。ようやく本題に入ったようだった。

「特別、大きな問題があるわけではないんです」

友里は静かな口調で語りはじめた。

「ただ、なんとなくしっくりいってない気がして……」

「すれ違い、ってことですか?」

優作は尋ねながら、頭の片隅で自分たち夫婦のことを思った。

「逆かもしれません。うちの場合は夫婦で職場が同じなので、顔を合わせている時間が長いんです」

友里の言葉で納得した。

丸亀文具店は家族経営の店だ。夫は外まわりに出ていることが多いようだが、それでも同じ職場だということに変わりはなかった。好きで結婚したとはいえ、一日中いっしょにいるのは息苦しいのかもしれない。

支店があったころは、夫は別の店をまかされていたのでまだよかったという。しかし、今は一店舗だけになったことでずっと顔を合わせていることになったらしい。

「最近、夫が冷たいんです」

友里の声はどんどん小さくなっていく。まだ夫のことを想っているからこそ、真剣に悩んでいるのだろう。

(俺は……妻のことを……)

優作は無意識のうちに自分たち夫婦に置き換えていた。

妻のことをどう想っているのだろう。あらためて問われると、自分で自分の気持ちがわからなかった。

嫌いになったわけではないが、すれ違い生活がつづくなかで、いつしか冷たく接していたような気もする。少なくとも、結婚当初の熱い気持ちがなくなったのは間違いなかった。

「話しかけても素っ気なくて……」

友里の言葉に心を揺さぶられた。

(俺も、同じだ……)

相づちは打つが、まともに話を聞いていなかった。

——ねえ、聞いてるの？

妻はよくそう言ってむっとしていた。あれは優作が素っ気ない態度を取っていたからに違いなかった。

「それに、今年はわたしの誕生日を忘れていたんです」

「うっ……」

優作は思わず右手を胸に当てた。友里の言葉が心に深々と突き刺さった。

じつは優作も妻の誕生日を忘れたことがある。翌日になって妻に指摘されたときは、さすがに気まずかった。あとになってフォローすればまだよかったが、結局なにもしなかったのだ。

「別に高価なプレゼントが欲しかったわけではないんです。おめでとうのひと言でよかったのに……」

友里は一気に不満を吐き出すと、それきりうつむいてしまった。

「そ、そう……ですよね」

それ以上かける言葉が見つからずに黙りこんだ。

彼女の夫に対する愚痴は、すべて優作にも当てはまっていた。胸が苦しくなると同時に、東京に残してきた妻の顔が脳裏に浮かんだ。

（俺も至らないところがあったな……）

小さなことの積み重ねが、すれ違いを生んでいたのかもしれない。ふたりとも仕事をしているから、というのは言いわけだ。自分がほんの少し気を使えばすむ話だった。

友里の場合は夫と職場がいっしょでも、心にずれが生じていた。物理的な距離が近ければいいというわけではない。夫婦というのはむずかしいものだと、今さらながら実感した。

「ごめんなさい……こんな愚痴を聞かされても困りますよね」

消え入りそうな声だった。友里は話したことを後悔しているのか、恥じ入るようにうつむいていた。

「いえ、そんなことは……」

「男性の意見が聞きたかったんです」

彼女の言いたいことがよくわかった。

優作も友里の話を聞いたことで、妻の気持ちが少し理解できた気がする。ずっと前から、すれ違っていることには気づいていた。それなのに、共働きだから仕方ないで片づけていたのだ。

「むずかしいですね。夫婦って……」

じつはうちも、と喉もとまで出かかった。

だが、それを口にすることはできない。優作は愛人を囲っているのだ。妻を決定的に裏切ってしまった。もう友里の夫とは違う段階に突入している。同列で考えるのは失礼だった。

「知り合いにも、同じような問題を抱えている夫婦がいます。そこは共働きなんですが、夫が気のきかない奴でして……」

自分のことを「知り合い」に置き換えて話した。

「男っていうのは、どうして鈍感なんでしょうね。妻の淋しさに気づいてあげられないんですから」

「そのお知り合いのご夫婦は、今はどうなっているのですか？」

「今は、まだ……でも、夫のほうが気づいたから……」

質問されて言い淀んでしまう。

これからのことなどわからない。単身赴任になったことで、物理的な距離も開いてしまった。札幌に来て三週間が経つが、妻とはメールを数回しただけだ。もう妻の声をずっと聞いていなかった。

「嫌いになったわけじゃないなら、まだなんとかなるかと……」

「吉川さんが、その旦那さんにアドバイスをなさったのですね」

「い、いや……そんなことは……」

やはり嘘は苦手だ。ひとつの嘘がどんどんひろがって収拾がつかなくなる。よけいなことを言わなければよかったと後悔した。

「やっぱり吉川さんに相談してよかったです」

友里は完全に勘違いしている。その「鈍感な旦那」はまさに優作自身だった。

「うちの場合は近くに居すぎるのがいけないのでしょうか」

「そう……ですね」

職場が同じで顔を合わせる機会が多いと、マンネリになるのかもしれない。どうしても気を使わなくなってくるだろう。

「男の人って、その……」

友里はそこで言い淀んだ。

なにやら深刻な表情になっている。なにか重要なことを言おうとしているのは間違いなかった。もしかしたら、ここからが本題かもしれない。優作は急かすことなく黙ってじっと待った。

「あ……飽きてしまうものなのですか？」

友里はようやくといった感じで言葉を絞り出した。

散々言い淀んだところから推察するに、おそらく夜の生活のことだろう。それを聞くということは、セックスレス状態なのかもしれない。

（これも、うちと同じだな……）

優作は気持ちがどんより暗くなるのを感じた。

心がすれ違っているのなら、身体が離れていくのも当然のことだ。妻を抱くのは性欲だけではない。ただの遊びなら性欲だけで抱けるだろうが、夫婦の関係はそういう類《たぐい》のものではなかった。

「もうずっと……ないんです」

つぶやく声はひどく淋しげだ。

「あの人……抱いてくれないんです」

ついに友里ははっきりと口にした。

人妻にここまで言わせるのは夫の罪だ。物静かな彼女が、夫婦の夜の生活のことを告白するとは思いもしなかった。

「もうわたしに興味がなくなってしまったのでしょうか」

「そんなことは……」

「でも、指一本触れてくれないのですよ」

悲痛な声は友里の心の叫びだ。不憫でならないが、優作にはどうすることもできない。どこかで彼女の夫に会ったとしても、優作がアドバイスできることなどなにもなかった。

「もし俺だったら、友里さんを……」

どうしたらいいか困惑していたため、つい友里のことを名前で呼んでしまう。言った直後に気づいたが、今さら言い直すのもおかしいと思った。

「こんなに悲しませたりはしません」

彼女を慰めたい一心で言葉をかけた。すると、友里は顔をすっとあげて、潤んだ瞳でまっすぐ見つめてきた。

「お願いがあります……今夜だけ、わたしを奥さんにしてもらえませんか」

「えっ……」

思いもよらない友里の言葉にドキリとする。いったいどういう意味で言ったのだろうか。

「このままだと、女として自信がなくなってしまいそうで……わたしって、そんなに魅力がありませんか」

優作が黙っていると、友里はそう言い募る。

「そんなことはありません。友里さんは充分魅力的ですよ」

「それなら……それなら抱いてください」

衝撃的なひと言だった。

聞き間違いかと思ったが、そうではない。彼女の訴えかけてくるような瞳を見れば、本気だとわかった。

(俺は……どうすれば……)

激しく心が揺らいでいる。

これまでは美波のことだけを考えていた。でも今は東京に残してきた妻のことも気になっている。だが、友里の淋しさと悲しさが伝わってきて、とてもではないが突き放すことはできなかった。

(友里さんがここまで言うのだから……)

よほどの覚悟に違いない。

夫への不満や愚痴、肉体的な欲求もあるだろう。でも、根底にあるのは寂寥感ではないか。胸にぽっかり穴があいたような虚しさを埋めたいに違いない。すれ違った夫婦の淋しさを知っているだけに、彼女のつらさが想像できた。

友里は悲痛な面持ちで固まっている。それを見ていると、やはりこのまま突き放すことはできなかった。

「行きましょう」

優作は心を決めると立ちあがった。

友里は驚いたような瞳を向けてくる。抱いてほしいと懇願したが、拒絶されると思っていたのではないか。それでも優作が目でうながすと、彼女は頬を赤らめながら腰を浮かした。

4

「友里さん、本当にいいんですね」

優作が声をかけると、彼女は視線をすっと落とした。

はいなのか、それともいいえなのか、どちらとも取れる反応だった。優作がやっぱりやめましょうと言えば、ここで終わりになるだろう。

(でも、もう……)

優作のほうが収まりがつかなくなっていた。

いったんその気になったので、先ほどから股間が疼いている。スラックスの前がふくらみ、あからさまにテントを張っていた。男とは単純なものだと思う。

「あ……」

友里が小さな声を漏らして下唇を小さく噛んだ。

どうやら、うつむいたことで優作の股間が目に入ったらしい。今、彼女の胸をよぎっているのは後悔だろうか、それとも期待だろうか。

ここは大通公園から一本入ったところにあるシティホテルの一室だ。

居酒屋を出て、小雪が舞うなかを歩いてきた。終始ふたりとも無言だった。それでも、友里は遠慮がちに身体を寄せてきた。その仕草に彼女の覚悟を感じたのだが、いざ部屋でふたりきりになると消極的だった。

今、ふたりはダブルベッドの前に立っている。

優作はスーツの上着を脱ぎ、友里はブラウスにスカート姿だ。向かい合っているだけで、彼女の緊張が痛いくらい伝わってきた。

「友里さん……」

緊張しているのは優作も同じだ。人妻と不倫なんてしたことはない。声が震えてしまうが、とにかく友里の肩にそっと手をかけた。

軽く触れただけでも女体がビクッと小さく跳ねあがった。

友里は怯えている。おそらく、これがはじめての浮気なのだろう。彼女は貞淑な人妻だ。しかし、心の淋しさと肉体の疼きに耐えかねている。夫を裏切る罪悪感に震えながら、同時に期待で胸を昂らせていた。

「力を抜いて……俺にまかせてください」

妻と美波の顔を頭の片隅に追いやり、友里の身体を抱き寄せる。全身に力が入っているが、構うことなく顎に指をかけると強引に顔をあげさせた。

「よ……吉川さん」

友里に瞳は今にも涙がこぼれそうなほど潤んでいる。それでも顔をそむけようとはしなかった。

「今夜だけ、俺の奥さんになってくれるんでしたよね」

優作が顔を近づけると、彼女は静かに睫毛を伏せた。

「ンっ……」

唇が重なった瞬間、友里は微かに鼻を鳴らして肩をすくめる。まだ身体に力が入っていた。

舌を伸ばして柔らかい唇をそっとなぞってみる。すると、彼女は震える唇を半開きにしてくれた。そこにヌルリッと舌先を差し入れる。さらに深く忍びこませて、人妻の舌をからめとった。

「あふっ……はンっ」

友里は微かに声を漏らすだけで、されるがままになっている。

きっと夫に抱かれるときも基本的に受け身なのではないか。彼女がいつまでも淑《しと》やかな佇《たたず》まいだからこそ、乱れさせたくなる。激しく責め立てて、思いきりよがり泣く姿を見てみたかった。

キスをしながら、ブラウスのボタンを上からひとつずつはずしていく。前がはらりと開くと、ベージュのブラジャーが露わになった。三十路《みそじ》すぎの人妻らしい生活感溢れる地味な下着だ。カップで寄せられた乳房が白い谷間を作っている。その艶めかしい姿が牡の劣情を掻き立てた。

「ああっ……」

ブラウスを剝ぎ取ると、友里の唇から恥ずかしげな声が溢れ出した。

彼女は潤んだ瞳で見あげてくるが、もちろん途中でやめるつもりはない。スカートもおろすと、さらにストッキングも一気におろして奪い取った。

「は、恥ずかしいです」

パンティも飾り気のないベージュだ。それでも恥丘にぴったり貼りついて、むちっとしたふくらみが伝わってきた。

「シャ、シャワーを――はンンっ」

なにか言おうとした唇をキスで塞ぐ。すぐに舌を差し入れて言葉を奪う。人妻の舌を吸いあげながら、背中に手をまわしてブラジャーのホックをはずした。

「ンンっ、ダ、ダメです」

友里はくぐもった声で抗うが、もちろん聞く耳は持たない。ブラジャーを強引にずらすと、ついに乳房が剝き出しになった。

白くてたっぷりしたふくらみだ。下膨れしており、いかにも人妻らしい成熟した乳房だった。先端で揺れている乳首は濃い紅色で、触れる前から尖り勃《た》っている。淑やかに見えるが、やはり欲望を抱えこんでいるのだ。それがわかったことで、獣欲がますます燃えあがった。

「お、お願いです、シャワーを……」

「もう我慢できません。友里さんだって、そうなんでしょう」

いきなり乳首を摘まみあげる。とたんに女体が感電したようにビクビク震えて仰《の》け反った。

「はああッ、ダ、ダメぇっ」

左手で腰を抱き、右手で双つの乳首を交互に刺激する。指先で摘まんでやさしく転がした。

「ほら、乳首がこんなに硬くなってますよ」

「ま、待ってください……せ、せめて明かりを……」

友里が部屋の照明を落とすように懇願してくる。だが、乳首を愛撫されるたび、腰をくなくなとよじっていた。彼女が感じているのは間違いない。その証拠に乳首だけではなく、乳輪までぷっくりふくらんで硬くなっていた。

「明るいままのほうが盛りあがりますよ」

「そ、そんな……」

「一度きりの関係なんです。どうせなら、旦那さんとはしたことのない刺激的なセックスをしてみたいと思いませんか」

耳もとでささやくと、友里は潤んだ瞳で見あげてくる。そして、目もとを赤く染めあげた。

乳房をこってり揉みあげると、眉を困ったような八の字に歪めていく。その表情が艶っぽくて、ますます意地悪をしたくなる。硬くなった乳首を指先で転がしては、柔肉を執拗にこねまわした。

「あンっ、ダ、ダメです」

口ではそう言うが、もういっさい抗うことはない。腰をくねらせては、内腿をもじもじ擦り合わせていた。

「もう疼いて仕方ないんじゃないですか」

パンティに指をかけて、ゆっくり引きさげにかかる。彼女の反応を見ながら、わざと焦らすように少しずつずらしていった。

「ああっ……」

友里の喘ぎ声とともに、恥丘に茂っている陰毛がふわっと溢れ出した。

さらにパンティを引きさげると全容が見えてくる。黒々とした縮れ毛が濃厚に生えていた。形を整えたりはしておらず、自然な感じで茂っている。肌が白いため、陰毛の黒さが強調されていた。

優作は彼女の目の前にしゃがみこみ、パンティをつま先から抜き取った。

「これは……」

布地がしっとりしているのに気がついた。裏地を見てみると、クロッチの部分に大きな染みがひろがっていた。

「あっ、見ないでください」

友里は慌ててパンティを奪い取った。

しかし、乳房への愛撫でぐっしょり濡らしていたのは間違いない。セックスレスで欲求不満になっていたのだろう。身体が快楽を求めるのは、三十二歳の健康的な女性なら当然のことだった。

「は、恥ずかしいです」

友里は片脚をくの字に曲げて、なんとか股間を隠そうとする。そんな仕草が優作の欲望に火をつけた。

「今夜は俺の奥さんなんですよね」

首筋にキスの雨を降らせながらささやきかける。彼女はくすぐったそうに肩をすくめるが、耳の裏側や耳たぶをそっと舐めると女体をブルッと震わせた。

「あっ、あンっ」

「だったら俺の好きにしていいんですよね」

「は……はい……」

友里は震える声で答えて顔をうつむかせる。どうやら、もう抱かれる覚悟はできているようだった。

優作も服を脱ぎ捨てて裸になる。ペニスは完全に勃起しており、股間から隆々とそそり勃っていた。亀頭はぶっくりふくらみ、大量の我慢汁でヌメ光っている。張りつめた肉胴部分には太い血管が浮かびあがっていた。

「お、大きい……ですね」

友里が思わずといった感じでつぶやき、耳までまっ赤に染めあげる。それでも、夫以外のペニスが気になるのか視線をそらそうとしなかった。

「友里さん……」

女体を抱きしめると、ベッドにそっと押し倒した。

そのまま添い寝をする格好になり、ゆったり乳房を揉みあげる。さらには乳首を口に含み、舌を這わせて転がした。

「あっ……ああっ」

唇から甘い声が溢れて、白いシーツの上で女体がくねった。

片膝を立てて、内腿をもじもじさせている。股間が疼いて仕方ないのだろう。久しぶりの刺激を欲しているに違いなかった。

優作は友里の隣で逆向きになり、女体を自分の上に乗せあげた。顔をまたがらせて彼女の太腿を抱えこむ格好だ。股間が丸見えになり、人妻の陰唇が文字どおり目と鼻の先で露わになった。

「い、いやです、こんな格好……」

「おおおっ、丸見えですよ」

友里の恥じらう声を優作の唸り声が掻き消した。

女陰は濃い紅色でぼってりと肉厚だった。大量の愛蜜で濡れており、磯のような香りが濃厚に漂っている。フーッと息を吹きかけると、まるで意志を持っているようにウネウネと蠢いた。

「ああっ、み、見ないでください」

友里はそう言って腰をよじるが、無理に優作の上からおりようとはしない。見られることで興奮しているのか、それとも目の前にそそり勃っているペニスに惹きつけられているのか。おそらくその両方に違いなかった。

「わ、わたし、どうしたらいいの……」

「今夜のことは俺と友里さん、ふたりだけの秘密です。絶対に誰にも言いません。だから旦那さんとはできないようなことをしても構わないんですよ」

「で、でも……」

友里が言葉を発するたび、亀頭を吐息が撫でまわす。かなり顔を近づけているのだろう。我慢汁の匂いも吸っているに違いなかった。

「友里さんが魅力的だからこそ、俺もこんなことができるんです。今夜は思いきり乱れてもいいんですよ」

優作は言い聞かせるように語りかけてから、頭を持ちあげて陰唇に口づけした。

「はああッ、そ、そんな、あああッ」

湿った音とともに友里の喘ぎ声がほとばしった。

二枚の肉唇はトロトロに蕩けており、軽く触れただけでも合わせ目から大量の華蜜が溢れてくる。優作は舌を伸ばして割れ目を舐めあげると、まだ柔らかいクリトリスをねちっこく転がした。

「ああッ、そ、そこは……あああッ」

明らかに反応が激しくなる。尻たぶの筋肉に力が入り、恥裂から漏れてくる愛蜜の量が倍増した。

「ここが感じるみたいですね」

優作は淫核に的《まと》を絞った。舌先で執拗に舐め転がすと、瞬く間に充血してぷっくりふくらんでくる。硬くなったところを口に含んで、愛蜜とともにジュルジュルと音を立てて吸いあげた。

「あああッ、ま、待って、待ってください」

友里の声が切羽つまってくる。腰を右に左によじらせるが、優作は両手で尻たぶを抱えこんでクンニリングスを継続した。

「うむッ、すごい反応ですね」

膣口に唇を密着させて吸引すると、大量の果汁が口内に流れこんでくる。それを次から次へと嚥下《えんげ》して、さらには尖らせた舌先を膣口にねじこんだ。

「そ、そんなことまで……」

とまどいの声を漏らすが、友里の蜜壺からは愛汁が滾々《こんこん》と溢れている。完全に蕩けきっており、さらなる刺激を求めていた。

「も、もう、わたし……」

友里がため息まじりにつぶやき、ほっそりした指を硬直したペニスにからみつかせてくる。人妻なのに夫以外の太幹をキュッと握ると、ゆったりとした手つきでしごきはじめた。

「うっ……ううっ……」

いきなり快感がひろがり、優作はたまらず呻いてしまう。それと同時に新たな我慢汁が溢れ出した。

「ああっ、すごいです……はむンンっ」

いよいよ欲望を抑えられなくなったらしい。友里は上擦った声でつぶやいたかと思うと、自ら亀頭をぱっくり咥《くわ》えこんだ。

「あふっ……あふうっ」

唇を肉胴に密着させて、さっそく首を振りはじめる。あのおとなしい人妻が、夫ではない男のペニスを自ら口に含んだのだ。口内では舌も使い、まるで飴玉のように亀頭をしゃぶりまわしてきた。

「ううっ、ゆ、友里さん……」

唾液をたっぷり塗りつけられて、さらに唇でしごかれる。とたんに蕩けるような悦楽が湧き起こり、腰が小刻みに震え出した。

「こ、これはすごい……うむむっ」

優作も反撃とばかりに、目の前の女陰にむしゃぶりつく。硬くなったクリトリスをねぶりまわし、膣口に舌を埋めこんで内側の粘膜を舐めあげた。

「あふううっ……ンあっ……むふっ……」

友里もくぐもった喘ぎ声を漏らしながら、首の振り方を激しくする。反り返った肉柱を根元まで呑みこみ、ジュボッ、ジュボッと下品な音を響かせた。

互いの股間をしゃぶりまわすシックスナインだ。妻とはしたことのない相互愛撫で盛りあがり、頭のなかが熱く燃えあがった。

淑やかな人妻である友里が、ここまで欲望を剝き出しにするとは驚きだ。かなり興奮しているらしく、ペニスを咥えこんで離さない。猛烈に吸茎されて、いよいよ我慢できなくなってきた。

「ゆ、友里さん……も、もう……」

股間から顔を離すと、女体を隣におろして仰向けにする。優作はすぐさま覆いかぶさり、唾液にまみれた亀頭を蕩けた膣口に押し当てた。

「あンっ、よ、吉川さん……」

友里が不安げな瞳で見あげてくる。だが、もう抗うことはない。それどころか、挿入を心待ちにしているように自ら脚を大きく広げていった。

「いきますよ……ふんんっ」

ゆっくり亀頭を押しこんでいく。膣口はトロトロになっており、いとも簡単に巨大な肉塊を吞みこんだ。

「はああッ、お、大きいっ」

女体がブリッジする勢いで仰け反った。亀頭がずっぷり沈みこむと、膣口が思いきり収縮した。

「ぬおおッ……こ、これは……」

カリ首が締めつけられて、凄まじい快感が背筋を駆けあがる。膣全体が大きくうねり、濡れ襞が亀頭の表面を這いまわった。

快感の波が次から次へと押し寄せる。早くも射精欲が盛りあがり、優作は慌てて尻の筋肉に力をこめた。気を抜くとすぐに暴発してしまう。奥歯を強く食い縛り、男根を根元まで押しこんだ。

「ううッ……全部、入りましたよ」

「あああッ、そ、そんなに……」

友里が背筋を反らしたまま下腹部を波打たせる。ペニスの先端が奥まで届いているのだろう、彼女は手のひらを自分の臍《へそ》の下にあてがって喘ぎはじめた。

「い、いっぱいになって、ああッ……」

苦しげにつぶやくが、見あげてくる瞳はしっとり潤んでいる。女壺も収縮と弛緩《しかん》をくり返し、肉柱をしっかり咥えこんでいた。

「じゃ、じゃあ、動きますね」

さっそく腰を振りはじめる。最初はスローペースで暴発しないように細心の注意を払う。ペニスを後退させるときは、張り出したカリで濡れた膣壁を擦りあげる。そして再び根元まで埋めこんで、亀頭で膣道の行きどまりを圧迫した。

「あンンっ、よ、吉川さんっ」

「友里さんのなか、トロトロですよ」

腰を振るほどに女壺が反応する。襞が這いまわったかと思えば、膣道全体で絞りあげられた。

「くううッ、す、すごいっ」

奥を突くたび、締まりがどんどん強くなる。頭のなかで快感の火花が飛び散り、もはや射精欲を抑えるので精いっぱいだ。股間から脳天まで快感が突き抜けて、自然と抽送速度がアップした。

「あッ……あッ……」

友里の唇が半開きになり、切れぎれの喘ぎ声が溢れ出す。ピストンに合わせて結合部分から湿った音が響き、大きな乳房がプリンのように波打った。

「こんなに乳首を勃たせて……おおおッ」

両手で乳房を揉みしだき、先端で揺れる乳首を指の間に挟みこむ。そうしながら腰を使って、女壺のありとあらゆる場所を擦りつづける。リズミカルに膣奥を叩くことで、女体が何度も何度も跳ねあがった。

「ああッ、も、もう……あああッ」

友里が手放しで喘ぎはじめる。愛蜜も大量に溢れており、このまま突きつづければ昇りつめるのは時間の問題だ。しかし、まだ優作はこれくらいで終わらせるつもりはなかった。彼女にはもっと乱れてほしかった。

「あっ、どうして……」

いったんペニスを引き抜くと、友里が反射的に不満げな声を漏らした。

すぐに頬を赤らめて口を閉じるが、もうごまかすことはできない。人妻の欲望が剝き出しになった瞬間だった。

「心配しなくても大丈夫ですよ。すぐに挿《い》れてあげますから」

「べ、別に、わたしは……」

「そろそろ素直になったらどうですか」

優作は声をかけながら女体をうつ伏せに転がした。そして、くびれた腰をつかんで強引に持ちあげる。すると彼女は両膝をシーツについて、尻を高くかかげた格好になった。

「こ、こんな格好で？」

友里が不安げな瞳で振り返る。頬をシーツに押し当てているため、尻を後方に突き出すような体勢だ。臀裂がぱっくり割れており、愛蜜を滴《したた》らせた女陰が丸見えになっていた。

「もしかして、旦那さんとはバックでしたことがないんですか？」

彼女の反応を見て、もしやと思った。優作が問いかけると、友里は尻を掲げた姿勢でこくりとうなずいた。

「夫はこんなこと……普通の格好だけです」

普通の格好とは正常位のことだろう。しかも、最近はセックスレスだった。これだけ熟れた女体を持っていたら欲求不満になるのは当然だ。せめて今夜くらいは乱れさせてあげたかった。

「じゃあ、これがはじめてのバックですね」

亀頭を膣口にあてがうと、一気に根元まで埋めこんだ。

「はああッ！」

とたんに友里は顔を跳ねあげて、甲高《かんだか》い喘ぎ声を響かせた。

膣道が大きくうねり、男根を思いきり絞りあげてくる。先ほどとは角度が変わったことで、ペニスに受ける感覚もまったく違うものになっていた。

「くううッ、こ、これは……」

思いき締めつけられて、先端から大量の我慢汁が溢れ出す。すぐさま両手で尻たぶをつかむと、いきなり本格的な抽送を開始した。

「あッ……あッ……」

友里は両手でシーツを強くつかみ、女体をぐっと反り返らせる。自然と四つん這いの姿勢になり、尻を突き出した格好で腰をよじらせた。

「ああッ、こ、こんな格好で……はあああッ」

獣のようなポーズを取ることで、友里の羞恥心が煽られる。その結果、感度があがり快感もふくれあがっているようだった。

「す、すごく締まってますよ……うううッ」

気を抜くと一気に暴発してしまいそうだ。優作は下腹に力をこめて、男根をグイグイ出し入れした。

「ああッ……ああッ……」

友里の喘ぎ声が大きくなる。結合部から響く湿った音と重なり、室内の空気を淫らに染めあげた。

愛蜜は滾々と湧きつづけており、男根からも我慢汁が大量に漏れている。ふたりの体液が混ざり合うことで最高の潤滑油となって、粘膜を擦り合わせる快感は二倍にも三倍にもふくれあがった。

「おおおッ……うおおおッ」

もう唸ることしかできない。そろそろ最後の瞬間が迫っている。自分だけ先に達するわけにはいかないと、膣の奥をえぐるつもりで男根をピストンさせた。

「あああッ、は、激しいっ、はあああッ」

友里は両手でシーツを掻きむしり、自ら尻を後方に突き出してくる。ペニスがさらに奥まではまりこみ、亀頭が子宮口にグリグリと当たっていた。

「ぬううッ、す、すごいっ、ぬおおおおッ」

腰をしっかりつかみ、前かがみになって腰を振る。肉柱を思いきり突き立てて、とにかく女壺を力まかせに掻きまわした。

「あああッ、も、もうっ、あああああッ」

昇りつめる寸前なのだろう、友里は黒髪を振り乱して喘いでいる。尻たぶに力をこめて、男根をこれでもかと絞りあげた。

「おおおおッ、き、気持ちいいっ」

射精欲が爆発的にふくれあがる。股間から全身へと愉悦の波がひろがり、頭のなかで閃光が走った。優作は慌てて奥歯を食い縛って射精欲を抑えこんだ。その直後、四つん這いの女体が激しく震えはじめた。

「い、いいっ、あああッ、イクッ、イキますっ、あぁあああああああッ！」

友里の絶叫にも似たよがり声が響き渡る。突き出した尻に痙攣が走り、膣が思いきり収縮した。

「くおおおッ、で、出るっ、出る出るっ、ぬおおおおおおおおッ！」

彼女が絶頂するのを見届けて、優作もついに欲望を解き放った。

睾丸のなかで煮えたぎっていた白濁液が勢いよく尿道を駆け抜ける。肉棒が蕩けるような快感が押し寄せて、腰がぶるるっと震えてしまう。女壺の奥に埋めこんだ男根が跳ねあがり、先端から沸騰したザーメンが光速でほとばしった。

いつしか熟れた女体は汗だくになっている。背中が弓なりに反ることで、中央に艶めかしい窪みができあがった。突き出した尻たぶに浮かんだ玉の汗が、痙攣に合わせて震えていた。

絶頂を噛みしめている友里へ、優作は大量の精を注ぎこんでいった。

やがて友里が力つきたようにうつ伏せになる。優作はそのまま彼女の背中に覆いかぶさる形で倒れこんだ。

互いの股間はぐっしょり濡れている。まだ男根は女壺に埋まったままで、膣襞がしっかりからみついていた。

ふたりはしばらく動かなかった。

目も眩《くら》むような絶頂の余韻にひたり、友里も優作もじっとしている。ただ乱れた息遣いだけが、シティホテルの一室に響いていた。

「うっ……うぅっ……」

突然、友里が声を押し殺して泣きはじめた。

シーツに顔を押しつけて、こらえきれない涙を流している。汗ばんだ肩が震えており、黒髪の隙間から白いうなじがのぞいていた。

彼女の胸に去来しているのは、夫を裏切った罪悪感だろうか。

かける言葉が見つからず、優作は折り重なったまま、剝き出しの肩やうなじにくり返しキスをした。


「おかえりなさい」

マンションに帰ると、美波がすぐ玄関まで走ってきた。

まるで主人の帰宅を待っていた子犬のようだ。満面の笑みを向けられると、罪悪感で胸が苦しくなった。

時刻は午前零時をまわったところだ。

まさか美波が起きているとは思わなかった。寝ているつもりで、自分の鍵を使って玄関ドアを開けたのだ。

「ただいま……飲みすぎたよ」

言いわけがましくつぶやき、自分自身に嫌悪感が湧きあがった。

浮気をしておきながら、取引先の人と飲んできた振りをしている。この関係を壊したくないと、とっさに未練がましく取り繕《つくろ》っていた。

「あれ？　すごい雪だね」

美波が驚いたように言いながら、優作のコートについた雪を払ってくれる。

ホテルを出てから雪の降り方が強くなり、マンションに着くころには吹雪になっていた。

「ああ、大丈夫だよ」

優作はコートを脱ぐと、美波に背を向けて玄関で軽く払った。

「お腹は空いてない？」

「うん……」

「じゃあ、お風呂にする？　すぐに入れるよ」

「ああ、そうだな」

優作は疲れた振りをして、ぶっきらぼうに返事をした。

彼女の目を見ることができない。悪いことをしたと思う。まるで新妻のように世話をしてくれるから、なおさら胸が苦しくなった。

(俺は、なにをやってるんだ)

頭の片隅では、東京に置いてきた妻のことも気になっている。

友里に香織の姿を重ねていた。妻を裏切っていると思うと、罪悪感がさらに大きくなって重くのしかかった。

第五章　言葉はいらない

1

十二月に入り、雪の日が増えていた。

道路にも恐ろしいほど積もっており、路面はすっかりツルツルになっていた。休みの日にレンタカーを借りるのも躊躇《ちゅうちょ》するほどだった。

美波といっしょに暮らすようになって一カ月が過ぎていた。

相変わらず楽しい毎日だが、心の片隅には常に罪悪感がつきまとっている。友里と関係を持ったことで、人妻の淋しさや悲しさが少しは理解できた。東京に残してきた妻がどうしているのか気になった。

それでも、優作は目の前にある幸せを優先していた。不安を打ち消そうとして、ますます美波との生活で得られる悦《よろこ》びに溺れていった。

友里とはあの夜一度だけの関係だ。

仕事で何度か丸亀文具店を訪問しているが、友里とふたりきりにならないように気をつけている。閉店間際なら社長か旦那が配達から戻っているので、その時間帯に訪問するようにしていた。

彼女にとっては、はじめての浮気だった。

その後、夫といっしょにいるところを何度か見かけたが、ふたりの仲は改善しているように思えた。あの夜の体験がよかったのかはわからない。しかし、友里がなにかを吹っきったのは確かだった。

十二月のとある木曜日の夜、優作と美波はいつものように食卓を囲んでいた。

「おっ、この豚汁、うまいね」

具がたっぷりで、少し濃いめの味つけがじつに美味だった。優作が唸ると、向かいの席に座っている美波は照れ笑いを浮かべた。

「テレビの料理番組でやってたのを真似しただけだよ」

謙遜《けんそん》してそう言うが、彼女の料理はかなり上達している。最初のころとは大違いで、今はなにを食べてもおいしかった。

「うん、ちゃんちゃん焼きも最高だよ」

アルミホイルにシャケとえのき、それに玉ねぎを入れて、味噌とバターなどといっしょに蒸し焼きにしたものだ。いい感じで火が通っているため、シャケがふっくらとしていた。

「ありがと……おじさん、なにを食べてもおいしいって言ってくれるね」

「本当にうまいからだよ」

そんなとりとめのない会話が楽しかった。

そのとき、テーブルの端に置いていたスマホが鳴り出した。画面を見なくても、着信音で妻だとわかった。

（なんでメールじゃないんだ）

優作は思わず眉根を寄せた。

単身赴任になってから、一度も電話で話していない。メールでは何度かやり取りしているが、それも素っ気ない内容ばかりだった。

仕事が忙しいのを知っていたので仕方ないと思っていたが、心の片隅では不満も抱いていた。電話をかける時間も作れないのかと疑問を持たずにはいられなかった。だが、いざ電話がかかってくると動揺してしまう。

「おじさん、出なくていいの？」

美波が声をかけてくる。優作がためらっているので、なにかを察したらしい。やさしい笑みを浮かべてつけ足した。

「わたし、出かけてたほうがいい？」

「いや、大丈夫だ」

つい強がってしまうが、やはり美波がいないほうが話しやすい。でも、今さら席を外してほしいとは言えなかった。

「もしもし……」

通話ボタンを押して電話に出た。

「あ、わたしよ。今、話しても大丈夫？」

香織の声だった。

懐かしさと同時に警戒心がこみあげる。なぜ突然電話をかけてきたのだろう。妻の声を聞くのは約一カ月ぶりだが、もっと時間が経っているような気がする。それだけいろいろあったということだろう。

「ああ、晩ご飯を食べてたところだよ」

「どうせコンビニ弁当でしょう」

妻は決めつけているが、実際は愛人の手料理を食べている。だが、そのことは絶対に知られてはならなかった。

「なにかあったのか？」

「今度の土日に行こうと思って」

一瞬、意味がわからず黙りこんでしまう。香織の言っていることが、すぐには理解できなかった。

「い、忙しいんじゃなかったのか？」

新しいプロジェクトにかかりっきりで、二、三カ月は休みもろくに取れないと聞いていた。それなのに、こんなに早く来ることになるとは思いもしなかった。

「一泊しかできないけど、なんとか時間を作ったのよ」

「そ、そんなに無理をしなくても……」

食卓の向こうで、美波が不安げな顔をしている。話している内容が、なんとなくわかっているようだった。

「掃除とか洗濯、ちゃんとやってるの？」

「そ、それくらい俺だってできるよ」

「でも、わたしが行ったほうが助かるでしょ」

そこまで言われて無下には断れない。強固な態度を取ったら、浮気を疑われるかもしれなかった。

「じゃあ、土曜日にね」

妻はそう言って電話を切った。

優作の口から思わずため息が溢れ出した。

結局、今度の土日に妻が来ることになってしまった。美波の物を隠さなければならない。それになにより、彼女自身がここにいるわけにはいかなかった。

「美波ちゃん、あのさ……土曜日の夜だけホテルに泊まってくれないかな。部屋は俺がとるからさ。それで日曜日の夜には戻ってきていいから」

優作が切り出すと、美波は意外にもあっさりうなずいた。

「うん、大丈夫……奥さんが来るんでしょ。わたしがいたらまずいよね」

そう言って笑うが、瞳は淋しげだった。

「そろそろ仕事を見つけようって思ってたの。土日に探してみようかな」

美波の口調は妙にさばさばしていた。しかし、本当に考えていたわけではないだろう。だが、いつかこういう日が来ることもわかっていたのではないか。優作自身も覚悟していたことだった。

「美波ちゃん……すまない」

「やだ、謝らないで。おじさんには感謝してるんだから。ちゃんとバレないように荷物は全部持っていくから大丈夫だよ」

美波は決して笑顔を崩さない。それが無理をしているように映り、優作は胸が苦しくなるのを感じていた。

2

土曜日の昼すぎ、妻がマンションにやってきた。優作が札幌駅まで迎えにいって、改札口で待ち合わせをしたのだ。

「あら、案外きれいにしてるのね」

香織は拍子抜けしたようだった。部屋を見まわして、なぜか残念そうに首をかしげていた。

「だから、ちゃんとやってるって言っただろ」

これくらいのことは想定済みだ。とはいえ、優作は内心はドキドキしていた。

美波は今朝、出ていった。今夜はホテルに泊まり、明日の夜に戻ってくる予定になっていた。

美波の荷物はすべてキャリーケースとボストンバッグに詰めて持ち出した。優作もいっしょに確認したので、なにも残っていないはずだった。とはいえ、女の勘は侮れない。どこで愛人の気配に気づくかわからなかった。

「とりあえず洗濯か掃除でもしようかしら」

洗濯物は電話があった日から、わざと溜めておいた。とはいっても大した量ではないが、それでもなにもないよりはましだろう。

「俺も手伝うよ」

ただ見ているのも違う気がして、先に行って洗濯機の蓋を開ける。すると、洗濯槽の底にピンクの布地があるのを発見した。

（ま、まさか……）

とっさに手のなかに握りこんだ。

あらためて確認するまでもなく美波のパンティだった。一瞬、当てつけでわざと置いていったのかと疑ったが、彼女がそんな危険なことをするとは思えない。行く場所がないのだから、ここに戻れなくなったら困るはずだ。

（忘れてたんだ……きっとそうだよ）

優作は心のなかで何度もくり返した。こうして妻といっしょにいても、美波との生活が忘れられなかった。

しかし、そう思う一方で、香織がこの部屋に居ることにまったく違和感がない。結婚して九年も経つと、空気のように馴染むから不思議だった。

香織は洗濯機をまわしながら部屋の掃除をはじめた。

髪の毛一本で浮気がバレるかもしれないから、入念に掃除しておいた。完璧に証拠を隠滅したはずだが、優作は内心冷や冷やしながらベッドに腰かけた。よけいな動きをすれば怪しまれる。あとは運を天にまかせるしかなかった。

幸いなことに、浮気はバレないまま夕方になっていた。

香織が夕飯を作ってくれることになり、ふたりでスーパーに買い出しにいくことになった。優作と香織は小雪が舞うなか、並んで歩道を歩いていた。こうして夫婦で歩くのなど、いつ以来だろうか。

「滑るから気をつけろよ」

優作は裏切っている罪悪感から、妻にやさしく声をかけた。

歩道はカチカチに凍っている。積もった雪が踏み固められて氷になっており、これが恐ろしく滑るのだ。本州から旅行に来た人が、毎年何人も転んで骨折するというのも納得だった。

「今日はずいぶん気を使ってくれるのね」

隣を歩く香織が、なにやら笑いながら見つめてきた。

「ゆ、雪道初心者のおまえに教えてやってるだけだろ」

「ふふっ、冗談よ。なにむきになってるの？」

からかうように言った直後だった。香織は足を滑らせてバランスを崩した。

「きゃっ！」

「危ないっ」

とっさに腰を抱いたので転ばずにすんだ。あのまま真後ろに倒れていたら、凍りついた歩道に後頭部を打ちつけていたかもしれなかった。

「だから言っただろ」

優作がむっとすると、香織はめずらしく素直にうなずいた。

「ごめんなさい。あなたがいてくれて助かったわ」

妻の言葉にドキリとする。こんなことを言われるのは久しぶりだった。さらにすっと手を握られて、またしても心臓がバクンッと音を立てた。

「また滑ったら怖いから……」

まるで恋人同士のように手を握ってくる。断る理由もなく、そのまま寄り添ったままスーパーに向かった。

なぜか妻がかわいく見えてとまどってしまう。優作はほとんどしゃべることはなかったが、香織はスーパーで楽しそうに買い物をしていた。

その晩は久々に妻の手料理を食べて、少しだけワインも飲んだ。

妻はアルコールが弱いのですぐに寝てしまったが、若いころに戻ったようで不思議な気持ちだった。


翌日、日曜日の午後、札幌駅の近くの有名ラーメン店に香織を連れていき、その後、新千歳《しんちとせ》空港まで彼女を見送りに行った。

また仕事が忙しくなるので、いつ休みが取れるかわからないという。優作は「俺も長い休みが取れたら東京に戻るよ」と心にもないことを言って、搭乗口に消えていく妻に手を振った。

妻の姿が見えなくなると、すぐにスマホを取り出した。

――妻が帰った。今からマンションに戻るよ。

美波にメールを打って送信する。そして急いで新千歳空港駅に向かうと、札幌行きの快速エアポートに乗りこんだ。

座席に座るなりスマホを確認する。まだ返信は来ていなかった。

——あと一時間くらいでつくと思う。

気持ちが逸って仕方がない。美波がこの土日の間、どうしていたのか気になってい

た。早く会いたくて、もう一度メールを打ちこんで送信した。

ところが、札幌駅が近くなっても美波から返信はなかった。

マンションに帰ってから美波のスマホに電話をしてみる。ところが、何度鳴らして

みても出なかった。

なにかおかしいと思い、彼女が宿泊していたホテルに電話をした。しかし、すでに

美波はチェックアウトしたあとだった。

もしかしたら、ここに向かっているところかもしれない。そう思って待ちつづけた

が、結局、深夜になっても美波は帰ってこなかった。

3

悶々としながら月曜日の朝を迎えた。

いつもならコーヒーの香りで目覚める時間だ。それなのに、美波は帰ってこなかった。メールを何度も送ったし、電話も何十回かけたかわからない。しかし、まったく連絡が取れなかった。優作の焦燥感は募るばかりだった。

事故にでもあったのではないかと不安になる。念のためテレビのニュースをずっと流していたが、それらしい報道はなかった。

美波が消えてしまった。その事実が優作の心に重くのしかかっていた。

それでも出勤しなければならない。呆然としながらスーツに着替えると、なんとか気持ちを奮い立たせて会社に向かった。

しかし、どうしても仕事に集中できず、外まわりに行く振りをして、社用車のなかで美波に電話をかけつづけた。

(どうして連絡してこないんだ)

心配を通り越して、苛立《いらだ》ちに変わってしまう。それがつづくと、やがて絶望感が湧き起こり、胸にどんよりひろがっていった。

――奥さんが来るんでしょ。わたしがいたらまずいよね。

ふと美波の言葉を思い出す。

妻が来たことが引き金になっているのは間違いない。自分がいてはいけないと思いこみ、優作の前から姿を消してしまったのだろうか。

連絡がつかないまま夜になった。

美波が自分の元から去ったというのは受け入れがたい事実だ。それでも、ようやく彼女は自分の意志で出ていったという事実を受け入れた。信じたくなかったが、そう考えるのが一番自然な気がした。


夜七時過ぎ、優作は凍てつく札幌の街を徘徊していた。

いったんマンションに帰ったが、やはり美波は戻っていなかった。部屋で待ってももう無駄だと思い、行く当てもなく外に出た。

(頼む、帰ってきてくれ……)

淋しくて仕方がない。彼女と過ごした日々が忘れられず、胸が締めつけられるようだった。

いったいどこに行ってしまったのだろう。必死に考えるがわからない。小遣い程度の金は渡してあるが、その金額では東京の実家に帰ることはできないだろう。もしかしたら、新しい仕事が見つかったのかもしれない。

(そういえば……)

またキャバクラの仕事を探すと言っていた。

——キャバ嬢、嫌いじゃないんだよね
美波がそう言っていたのをはっきり覚えている。その可能性に賭けるしかなかった。もし、キャバクラで働きはじめたのなら、おそらく場所はすすきのだろう。しかし、どこのキャバクラで働いているのか見当もつかなかった。

せめて源氏名《げんじな》がわかれば方法はあるかもしれないが、本名だけでは店に電話したところで教えてくれないだろう。こうなったら、しらみつぶしに捜すしかない。優作は悲壮な覚悟ですすきのに足を向けた。

最初に入ったキャバクラで、いきなり人捜しのむずかしさを思い知った。薄い水割りを飲みながら店内をチェックして、ボーイや席についたキャバ嬢に新人はいないか尋ねるしかない。こんなことを一軒ずつやっていたら、どれだけ時間がかかるかわからない。ひと晩にまわれる軒数も高が知れていた。

(でも、他に方法はないんだ)

なんとしても美波を見つけだすつもりだ。そして、あの夢のような同居生活を取り戻したかった。

二軒目、三軒目と渡り歩くが、そう簡単に見つかるはずもない。なにしろ当てずっぽうにキャバクラをめぐっているのだ。そして五軒目を出たところで、この日の調査を断念した。

かなり酔ってしまったのもあるが、もう金も時間もなかった。ふらつきながらマンションに帰り着くまでに、凍りついた歩道で三回も転倒した。骨を折らなかったのは幸いだが、肘を打撲して青黒い痣《あざ》ができてしまった。

優作は翌日も仕事を終えるとすすきのを訪れた。片っ端からキャバクラに入り、美波の姿を捜し求める。さらにその翌日もキャバクラをめぐりつづけた。

ひたすら美波を捜す日々だった。

睡眠不足で目の下には隈《くま》ができている。毎晩アルコールを摂取しているので体調もすぐれない。それでも、美波に会いたい一心ですすきのに通いつめた。

翌週の月曜日、優作はとある一軒のキャバクラに入った。

確信があったわけではない。しかし、なぜかこの店のネオンに吸い寄せられるようにして足を踏み入れた。

「あっ……」

席に案内されてソファに座った直後、ひとりのキャバ嬢に釘付けになった。

肩も露わなブルーのミニドレス姿で髪を派手に盛っているが、その女性は美波に間違いない。ついに見つけ出したのだ。まず安堵が胸にこみあげた。とにかく、彼女が無事で本当によかった。

　優作はすぐにボーイを呼んで美波を指名した。

「ご指名ありがとうございます。エリカです」

　美波は席まで来ると微笑みながら軽く頭をさげる。「エリカ」というのがこの店での彼女の源氏名らしい。そして顔をあげた直後、美波は頬の筋肉をひきつらせた。

「お、おじさん……」

　そう言ったきり黙りこんだ。予想外の事態だったのは間違いない。驚きを隠せない様子で立ちつくした。

「とにかく座りなよ」

　優作はできるだけやさしく声をかけた。怒っているわけではない。ただ、彼女の本当の気持ちを知りたかった。

　美波は隣に腰をおろすが頬がこわばっていた。無言のままで視線を合わせようとしなかった。

「元気……なのかい？」

　ようやく言葉を絞り出すと、彼女はばつが悪そうにうなずいた。

「悪かった……妻の件で居づらくなったんだね」

とにかく謝罪して、またあの部屋に戻ってきてもらいたかった。

「別に、そんなことないよ」

美波はこちらを見ずにつぶやいた。

なぜか彼女の態度は素っ気ない。慣れた手つきで水割りを作ると、優作の前にグラスを置いた。

「美波ちゃん……」

「エリカです」

突き放すような言い方だった。

それ以上会話がつづかない。美波は壁を作っている。その後も何度か会話を試みたが、まともな返答はなかった。彼女に聞きたいことはたくさんあったはずなのに、聞けないまま時間だけがすぎていった。

「まもなくお時間となりますが、ご延長の方はいかがでしょうか？」

ボーイが近づいてきたかと思うと片膝を床についてそう言ってきた。

即座に延長するが、やはり会話らしい会話にはならなかった。でも、このままではいけないと思い、優作は懸命に語りかけた。美波がいなくてどれほど淋しかったか、いかにしてこの店にたどり着いたか、何度も延長をくり返しながら一方的にしゃべりつづけた。

「そう……」

美波はときおり小声でつぶやくだけで、ほとんど言葉を発してくれなかった。焦りが大きくなるが、どうすればいいのかわからない。彼女の壁をまったく崩せないまま、閉店時間が近づいてきた。

「アフターにつき合ってくれないか」

とてもそんなことを言える空気ではなかった。それでも、どうしても諦めきれずに切り出した。

「こんな別れ方は淋しすぎるよ。キミはそれでいいのかもしれないけど、俺はそんなの絶対にいやだ」

感情が昂り、思わず言葉が強くなる。すると美波は少し考えこむ顔になり、目を合わせないままつぶやいた。

「わかりました……」

敬語なのは気になったが、とにかくアフターを断られなかったことでほっとした。

待ち合わせをしたのは、キャバクラからそれほど離れていない、雑居ビルの地下にある小さなバーだ。

年配のマスターは静かにグラスを磨いている。間接照明がムーディで、ジャズが静かに流れる落ち着いた雰囲気の店だった。

優作はスツールに腰かけて、ウイスキーをロックで飲んでいた。きつい酒が喉を焼くが、まったく酔いはまわらなかった。

美波は本当に来てくれるだろうか。また消えてしまうのではないか。不安になってスマホを握りしめるが、彼女を信じてメールは送らなかった。そして深夜一時半になるころ、見覚えのある白いダウンコート姿の美波が現れた。

コートを脱いでハンガーにかけると、表情を変えることなく歩み寄ってくる。そして、赤いチェックのミニスカートに包まれたヒップをスツールに乗せた。

「来てくれてありがとう」

優作が声をかけるが、彼女は前を向いたまま反応しない。もとより返事は期待していなかった。

「ウイスキーください。ロックで」

美波が囁くような声で注文すると、年配のマスターは微かにうなずき、グラスに丸く成形した氷を入れてウイスキーを注いだ。

もしかしたら、優作のグラスを見て合わせてくれたのかもしれない。それだけでも彼女が少しだけ歩み寄ってくれた気がした。

「美波ちゃん……いや、エリカちゃん……」

なにか言わなければと思って呼びかける。だが、どんな言葉をかければいいのかわからなかった。

「美波でいいよ。もう、お仕事終わったから……」

ウイスキーで唇を湿らせると、美波がぽつりとつぶやいた。

やはり目は合わせてくれないが、少しだけ態度が軟化している。気持ちを伝えるなら今しかなかった。

「帰ってきてくれないか」

ストレートな言葉をかけると、彼女の頬が微かに反応した。

「美波ちゃんがいたから、札幌に馴染むことができたんだ。もうキミのいない暮らしなんて考えられないよ」

正直な気持ちだった。でも、だからといって妻と離婚して、彼女といっしょになるわけではない。自分でもずるいと思うが、そう言うことしかできなかった。

「ごめん……都合がよすぎるよな。美波ちゃんをこの先、幸せにできるわけでもないのに」

自己嫌悪に陥り、グラスに残っていたウイスキーをひと息に飲みほした。

そのとき、ふと視線を感じて隣に顔を向ける。すると、美波がこちらをじっと見つめていた。

「わたしのほうこそごめんね……黙って出ていったりして……」

まさかそんなことを言ってくれるとは思いもしなかった。

すぐに視線をそらしてしまうが、彼女のなかにも燻《くすぶ》っているものがあるらしい。なにか深いわけがあるに違いなかった。

「おじさんのことが嫌いになったわけじゃないの、ただ……」

美波はそこで言い淀んで黙りこんだ。

ちらちらとマスターのことを気にしている。人がいると話しづらいことなのかもしれなかった。

「うちに行こうか」

思いきって声をかけてみると、美波はためらいながらもうなずいた。

あの甘い生活が戻るかどうかはわからない。とにかく、美波が素直になってくれたことがうれしかった。それに、なにより彼女の本心を聞きたかった。

4

美波がベッドに腰かけている。ミニスカートから健康的な太腿がのぞいており、セーターの胸もとは大きく盛りあがっていた。

優作は迷いながらも隣に座った。距離を空けるのもおかしいが、近すぎるのもまずい気がして、微妙な距離感を保っていた。

「小さいころに両親が離婚して、わたしはお母さんに引き取られたの……」

美波がぽつりぽつりと語りはじめた。

物心つく前に両親が離婚したため、父親の顔を覚えていないという。その影響から年上の男性に惹かれるらしい。母子家庭で育ち、母親は仕事で忙しかったため、家族団欒への憧れが強かったようだ。

美波が高校生になったころ、母親に男ができた。

「お母さんのことは好きだったけど……」

当時、住んでいたアパートの部屋に男が入り浸るようになった。女手ひとつで育ててくれた母には感謝していたが、美波は自分の居場所がなくなったと感じた。

「だから、高校卒業と同時に実家を出たの」

自分ひとりで生きていこうと決めたが、そう簡単なことではなかった。夜の店で働くようになり、職を転々としているうちに北上していた。

無意識のうちに実家から離れたいと思っていたのかもしれない。そして、昨年札幌に流れてきたという。そのころには、もう東京の実家は美波にとって帰る場所ではなくなっていた。

「つらい思いをしてきたんだね」

「ううん、そんなことないよ。おじさんにも出会えたし」

美波は屈託のない表情で語るが、ふと視線を落として黙りこんだ。

「でもね……おじさんの奥さんを見たときはつらかったな」

再び唇を開くと、驚きの言葉が紡がれた。

「奥さんと手をつないで歩いてたでしょう」

「えっ……」

「どうしても気になって来てみたの。そうしたら……」

スーパーの近くの歩道で見かけたという。

妻が足を滑らせたとき、とっさに優作が身体を支えた。その後は危ないので手をつないで歩いたのだ。

「仲よさそうだった。だから……わたしが壊しちゃいけない、おじさんといっしょにいちゃいけないんだって……」

自分の両親が離婚しているからこそ、なおさら強く思ったという。

「そうだったんだ……でも、俺のことなんか、そんなに心配してくれなくてもいいんだよ。だから、もう一度いっしょに……」

「ダメ、もうダメだよ」

優作は言い募るが、美波は頑《かたく》なだった。

「ど、どうして……」

「だって、わたし……おじさんのこと今でも好きだから……だから、不幸になってほしくないの」

美波はまっすぐ見つめてくると、瞳に涙を滲ませながらつぶやいた。

本気だったからこそ、別れることを決意したのだろう。でも、さよならを言うのがつらくて黙って消えたのだ。彼女の想いが痛いほど伝わってきた。

優作はしばらくの間、無言で美波を見つめていたが、やがておもむろに口を開いた。

「わかった……俺たち、今日でお別れだ。今後、どこかで会っても、お互いに声をかけるのはやめよう」

もう無理に引き止めることはできない。それならば、優作からはっきり別れを告げるべきだと思った。

だからといって、美波への想いが消えたわけではない。事情は理解できたが、この胸の熱い滾《たぎ》りはどうすればいいのだろう。ようやく再会できたのに、これで別れるのは淋しすぎた。

美波の肩に手をまわして抱き寄せる。彼女はいっさい抵抗することなく、優作の目を見つめてきた。

どちらからともなく唇を寄せて重ね合わせた。

ふたりが会うのは今夜限り。だからこそ最後に身体を重ねたい。言葉を交わさなくても互いの想いは通じ合っていた。

ふたりは舌を伸ばして自然にからめると、互いの唾液を心ゆくまで味わった。こうして唾液を交換することで気分が盛りあがる。彼女のセーターに手をかけて、キャミソールごと頭から抜き取った。

「ああっ……」

淡いピンクのブラジャーが露わになり、美波の唇から羞恥の声が溢れ出す。

こうして恥じらいを忘れないところに惹きつけられる。背中に手をまわしてホックをはずすと、すぐにブラジャーも取り去って乳房を露出させた。

色白の双乳がタプンッと揺れる。先端には鮮やかなピンクの乳首が載っていた。指先で摘まんで転がせば、瞬く間にぷっくりとふくらんだ。

「あンっ……お、おじさん」

美波がかすれた声でつぶやき、優作のネクタイをほどいていく。彼女も高まっているのだろう。さらにワイシャツのボタンもはずして剝ぎ取った。

優作は彼女のミニスカートに手をかけると引きおろした。これで女体に纏《まと》っているのは淡いピンクのパンティだけになった。

その間に美波もスラックスを脱がしにかかっていた。あっという間にグレーのボクサーブリーフ一枚になる。すでに前は大きくふくらんでおり、先端部分に我慢汁の黒っぽい染みが広がっていた。

やはり言葉はいらなかった。服を脱がせ合うことで、相手の気持ちは確認できた。

優作がパンティに指をかければ、美波もボクサーブリーフに触れてくる。同時にずらしていくことで、さらなる高揚感が押し寄せてきた。

美波のうっすらとした陰毛が見えている。内腿をぴったり閉じているが、ささやかな茂みは隠せていなかった。

恥丘に指を這わせると、女体に微かな震えが走る。そのまま中指の先を滑らせて、内腿の隙間にねじこんだ。

「あっ……」

ついに美波の唇から小さな声が溢れ出す。それと同時に、確かな湿り気が指先に伝わってきた。柔らかい女陰はすでに愛蜜で濡れそぼっている。しかも熱く火照《ほて》っており、指を軽く曲げるだけでもヌプリッと簡単に沈みこんだ。

「ううッ……」

その直後、優作が呻き声を漏らしていた。

勃起した男根をつかまれて甘い痺れがひろがったのだ。己の股間を見おろせば、彼女の細い指が太幹に巻きついていた。

ベッドに腰かけた状態で、互いの股間をまさぐっている。優作は蜜壺に指先を沈めて、美波は男根を握っていた。

「あっ……あっ……」

女壺の浅瀬をそっと掻きまわせば、美波の唇から甘い声が溢れ出す。それと同時に太幹をしごかれて、優作も思わず腰をよじり立てた。

相手の性器を刺激しながら見つめ合う。彼女の瞳はねっとり潤んで、頬は紅潮している。視線を交わすことでますます気分が高揚した。再び唇を重ねて舌をからめ合うと、自然と手の動きが加速する。蜜壺からは華蜜の弾ける音が、男根からは我慢汁のねちっこい音が響き渡った。

「あンっ……ああンっ」

美波の腰が焦れたように動き出す。股間に忍ばせた優作の手を、内腿で強く挟みこんで喘いでいた。そうしながらペニスをリズミカルにしごいている。我慢汁を全体に塗りのばして、根元から亀頭までをねちねちと擦っていた。

「おおうッ、も、もう……」

ひとつになりたい。美波とつながることで一体感を味わいたかった。

きっと彼女も同じ気持ちなのだろう。自らベッドに横たわり、誘うような瞳で見あげてきた。

「おじさん、お願い……」

愛らしい声で懇願されて、優作はすぐ女体に覆いかぶさった。亀頭を女陰に押し当てると、体重を浴びせかけるように押しこんでいく。先端をずぶりと埋めこみ、一気に根元まで挿入した。

「はああッ！」

彼女が両手を伸ばして首に抱きついてくる。自然と上半身を伏せる形になり、胸板と乳房がぴったり密着した。

「ううぅッ、み、美波ちゃんっ」

何度も味わったこの感触。まったく飽きることなく最高だ。美波との交わりの数々が走馬灯のように浮かび、股間にひろがる快感はより深いものになった。

きつく抱き締めると、ますます一体感が大きくなる。肌と肌を重ねて相手の体温を感じるのが心地いい。首筋にキスの雨を降らせれば、美波もキスを返してくれる。気持ちまでもひとつに溶け合い、熱い気持ちが盛りあがった。

「お、俺は……うううッ、うおおッ」

腰を振りはじめると、いきなり速度があがってしまう。最後なので時間をかけるつもりだったが、とてもではないが興奮を抑えられない。じっくり楽しむ余裕など、あるはずがなかった。

「ああッ、お、おじさんっ、あああッ」

美波も艶めかしい声をあげながらしがみついてくる。背中に爪を立てて、両脚も腰に巻きつけてきた。

「美波ちゃんっ、おおおッ」

「ああッ……いいっ、も、もっと……もっとちょうだい」

美波の求める声に応えて、男根を力強く抜き差しする。華蜜の弾ける音と彼女の喘ぎ声が重なり、淫らな気分に拍車がかかった。

（ま、まだ……まだダメだ）

急速にふくらんだ射精欲を懸命に抑えこむ。まだ達するわけにはいかない。これが最後の交わりになるのだ。

優作は奥歯を食い縛ると、正常位でつながったまま女体を抱きあげる。そのまま胡《あぐ》座《ら》をかいて、彼女を膝の上に乗せた対面座位へと移行した。

「あンンっ、お、奥まで……」

「くうッ、す、すごいっ」

股間に体重が集中することで、結果としてペニスがより深い場所まで到達する。亀頭が子宮口を圧迫して、女壺全体が驚いたように収縮した。

「ああッ、わたしのなか、おじさんでいっぱいだよ」

美波は歓喜の涙で瞳を潤ませながら見つめてくる。何度もついばむようなキスをしかけてくると、やがて口内に舌をねじこんできた。

「あンっ……ああンっ」

対面座位でディープキスをしながら、優作はグイッ、グイッと腰を突きあげた。美波は優作の頬を両手で挟み、口内を舐めまわしつつ、股間をねちっこくしゃくりあげて応えてくれる。

「うむむッ、こ、これは……」

懸命に耐えていたが、すぐに限界が迫ってきた。美波が激しく腰を振っているので、自分で快感をセーブできない。無数の膣襞がザワめいて、男根のありとあらゆる部分を這いまわる。膣口はキュウッと締まり、肉胴に強い刺激を送りこんできた。

「おおおッ、き、気持ちいいっ」

優作はたまらず唸ると、両手で彼女の尻たぶを抱えこむ。そして女体をグイグイと前後に揺すり、鋭いカリを膣襞に擦りつけた。

「はああッ、お、奥が擦れて……はあああッ」

亀頭が子宮口に当たっているのもたまらないのだろう。美波の腰の動きがどんどん加速している。優作も胡座をかいた膝を揺すり、女体の動きを手助けした。前後動と上下動が重なることで、より複雑な摩擦感が生じて瞬く間に高まった。

「くおおおッ、も、もうっ、おおおおおッ」

「ああッ、い、いいっ、すごくいいっ、もっと、もっと……」

優作と美波の興奮が交錯することで、かつて体験したことのない絶頂の大波が湧き起こる。もうこれ以上は我慢できそうにない。だからこそ優作は最後に伝えたい台詞を言い放った。

「俺……み、美波のこと、本当に好きだった」

その直後、絶頂の大波が轟音を響かせながら押し寄せてきて、あっという間に対面座位でつながっているふたりを呑みこんだ。

「おおおッ、で、出る出るっ、おおおおッ、ぬおおおおおおおおッ！」

女体を強く抱きしめて、熱い媚肉に締めつけられながら射精する。股間を突きあげながら、沸騰したザーメンを思いきり注ぎこんだ。

「あああッ、イ、イクッ、イッちゃうっ、あああッ、はあああああああッ！」

美波のあられもないよがり泣きが響き渡る。優作の体にしがみつき、股間をググッと迫りあげて男根を思いきり締めつけた。

「くうううッ！」

達している最中のペニスが膣のなかで跳ねまわる。射精の勢いが加速して、さらに大量のザーメンを放出した。

「あああああッ、あ、熱いっ、あああああああああッ！」

美波も連続して昇りつめていく。いつしか涙を流しながら、女体をビクビクと震わせていた。

「み、美波……美波っ」

優作も熱いものがこみあげてくる。気づいたときには涙が溢れてしまうが、拭うこともせずに瑞々しい女体を抱きしめた。

これほどの昂りを覚えたことはかつてない。全長の余韻が消えてなくなるまで、執拗に腰を振りつづけた。

身も心も、魂までも燃やしつくすように、ふたりは深く深く愛し合った。


——美波がそっと身を起こすのがわかった。

優作は壁を向いて眠っていた。いや、一睡もしていないのだが、ずっと寝た振りをしていた。

「ずっと大好きだよ」

囁く声がして頬にキスしてくれる。

それでも、優作は狸寝入りをつづけていた。彼女の顔を見たら、きっと引き止めてしまう。面と向かって別れを告げることなどできなかった。

「おじさん……さようなら」

美波が背中に語りかけてくる。

もしかしたら、優作が起きていることに気づいているのかもしれない。だが、彼女は静かに部屋から出ていった。

ふたりの関係は終わりを迎えた。

わずかな期間だったが、ふたりは濃厚に愛し合った。夢のような生活の記憶は、胸の奥に深く刻みこまれていた。

エピローグ

三年後――。

優作は四十四歳になっていた。

当初の予定どおり札幌から東京に戻り、再び妻との生活がはじまった。

一年間離れていたのがよかったのか、以前より夫婦仲はよくなったと思う。その証拠に、香織は三十九歳で高齢出産をして、優作は父親になったのだ。香織は仕事を辞めて専業主婦になっていた。

土日の休みは娘を連れて三人で出かけるのが恒例になっている。まだ近所を散歩するだけだが、もうすぐ遠出もできるようになるだろう。平凡ながら家族との穏やかな暮らしも悪くなかった。

この日は部下を連れて営業中だ。

十二月の街は冷えこんでいるが、数字をあげるためには休んでいられない。朝から精力的に得意先回りをしていた。

「吉川さん、寒いっすね」

今年入社した部下が疲労困憊といった感じで話しかけてくる。最近の若い奴はすぐ弱音を吐くが、頭ごなしに言っても反発されるだけだ。

「もう一軒行ったら休憩にするか」

優作は声をかけながら、心なかでため息を漏らした。

（札幌の寒さはこんなもんじゃなかったぞ）

たった一年だが貴重な体験だった。

札幌転勤のことを思い出すたび、胸の奥に刻みこんだ記憶がよみがえる。誰にも言えない甘くて苦い思い出だった。

それはあまりにも鮮烈すぎる体験だったため、今となっては幻だったのではないかとさえ思える。ひとつだけ言えるのは、今後の人生であんな体験をすることはもう二度とないだろうということだ。

（え……）

そのとき、ひとりの女性とすれ違いざまに視線が重なった。

真紅のトレンチコートを着て颯爽《さっそう》と歩いているが、整った顔にはどこか愛らしさが漂っていた。

彼女のほうも優作を見て、微かに瞳を揺らすのがわかった。

ほんの一瞬の出来事だったが、ふたりは互いの姿を認識していた。だが、歩調を少しゆるめただけで、どちらも立ち止まることはなかった。

(東京に帰ってきてたのか……)

こんな偶然があるとは驚きだ。

この三年間、彼女はどんな生活を送ってきたのだろう。またしても彼女との日々が脳裏に浮かんだ。

「なに見てるんですか。あっ、もしかして、あの女の人のこと、愛人にしたいとか思ってるんじゃないですか?」

先ほどまで弱音を吐いていた部下が、からかうように声をかけてきた。

「おまえな、うちの会社の給料で愛人なんか持てるわけないだろ」

優作はすかさず窘《たしな》めながら、チラリと背後を振り返った。そして、少し大人っぽくなった美波の背中を見送った。


(了)

※本作品はフィクションです。
作品内の人名、地名、団体名等は
実在のものとは関係ありません。

長編小説

愛《あい》人《じん》つきの艶《つや》々《つや》新《しん》生《せい》活《かつ》

葉《は》月《づき》奏《そう》太《た》

2019年11月4日　初版第一刷発行

ブックデザイン……………………　橋元浩明(sowhat.Inc.)

発行人……………………………………………後藤明信
発行所…………………………………株式会社竹書房
〒102-0072　東京都千代田区飯田橋2－7－3
電話　03-3264-1576（代表）
03-3234-6301（編集）
http://www.takeshobo.co.jp
印刷・製本…………………………凸版印刷株式会社

ISBN978-4-8019-2040-8　C0193